副刊文丛 一

主编 李辉 王刘纯

踏歌行

陈娉舒 著

中原出版传媒集团
大地传媒
大象出版社
·郑州·

图书在版编目(CIP)数据

踏歌行 / 陈娉舒著.— 郑州 ：大象出版社，
2017. 1
(副刊文丛 / 李辉，王刘纯主编)
ISBN 978-7-5347-9068-3

Ⅰ. ①踏… Ⅱ. ①陈… Ⅲ. ①随笔—作品集—中国—
当代 Ⅳ. ①I267. 1

中国版本图书馆 CIP 数据核字(2016)第 272242 号

踏歌行

陈娉舒 著

出 版 人 王刘纯
项目统筹 李光洁 成 艳
责任编辑 成 艳
责任校对 牛志远
书籍设计 段 旭

出版发行 大象出版社(郑州市开元路 16 号 邮政编码 450044)
发行科 0371-63863551 总编室 0371-65597936
网 址 www.daxiang.cn
印 刷 北京汇林印务有限公司
经 销 各地新华书店经销
开 本 787mm×1092mm 1/32
印 张 9.5
版 次 2017 年 1 月第 1 版 2017 年 1 月第 1 次印刷
定 价 36.00 元

印厂地址 北京市大兴区黄村镇南六环磁各庄立交桥南 200 米(中轴路东侧)
邮政编码 102600 电话 010-61264834

“副刊文丛”总序

李　辉

设想编一套“副刊文丛”的念头由来已久。

中文报纸副刊历史可谓悠久，迄今已有百年行程。副刊为中文报纸的一大特色。自近代中国报纸诞生之后，几乎所有报纸都有不同类型、不同风格的副刊。在出版业尚不发达之际，精彩纷呈的副刊版面，几乎成为作者与读者之间最为便利的交流平台。百年间，副刊上发表过多少重要作品，培养过多少作家，若要认真统计，颇为不易。

“五四新文学”兴起，报纸副刊一时间成为重要作家与重要作品率先亮相的舞台，从鲁迅的小说《阿Q正传》、郭沫若的诗歌《女神》，到巴金的小说《家》等均是在北京、上海的报纸副刊上发表，从而产生广泛影响的。随着各类出版社雨后春笋般出现，杂志、书籍与报纸副刊渐次形成三足鼎立的局面，但是，不同区域或大小城市，都有不同类型的报纸副刊，因而形成不同层面的读者群，在与读者建立直接和广泛的联系方面，多年来报纸副刊一直占据优势。近些年，随着电视、网络等新兴媒体的崛起，报纸副刊的优势以及影响力开始减弱，长期以来副刊作为阵地培养作家的方式，也随之隐退，风光不再。

尽管如此，就报纸而言，副刊依旧具有稳定性，所刊文章更注重深度而非时效性。在电台、电视、网络、微信等新闻爆炸性滚动播出的当下，报纸的所谓新闻效应早已滞后，无法与昔日同日而语。在我看来，唯有副刊之类的版面，侧重于独家深度文章，侧重于作者不同角度的发现，才能与其他媒体相抗衡。或者说，只有副刊版面发表的不太注重新闻时效的文章，才足以让读者静下心，选择合适时间品茗细读，与之达到心领神会的交融。这或许才是一份报纸在新闻之外能够带给读者的最佳阅读体验。

1982 年自复旦大学毕业，我进入报社，先是编辑《北京晚报》副刊《五色土》，后是编辑《人民日报》副刊《大地》，长达三十四年的光阴，几乎都是在编辑副刊。除了编辑副刊，我还在《中国青年报》《新民晚报》《南方周末》等的副刊上，开设了多年个人专栏。副刊与我，可谓不离不弃。编辑副刊三十余年，有幸与不少前辈文人交往，而他们中间的不少人，都曾编辑过副刊，如夏衍、沈从文、萧乾、刘北汜、吴祖光、郁风、柯灵、黄裳、袁鹰、姜德明等。在不同时期的这些前辈编辑那里，我感受着百年之间中国报纸副刊的斑斓景象与编辑情怀。

行将退休，编辑一套“副刊文丛”的想法愈加强烈。尽管面临互联网等新媒体方式的挑战，不少报纸副刊如今仍以其稳定性、原创性、丰富性等特点，坚守着文化品位和文化传承。一大批副刊编辑，不急不躁，沉着坚韧，以各自的才华和眼光，既编辑好不同精品专栏，又笔耕不辍，佳作迭出。鉴于此，我觉得有必要将中国各地报纸副刊的作品，以不同编辑方式予以整合，集中呈现，使纸媒副刊作品，在与新媒体的博弈中，以出版物的形式，留存历史，留存文化。这样，便于日后人们可以借这套丛书，领略中文报纸副刊（包括海外）曾经拥有过的丰富景象。

“副刊文丛”设想以两种类型出版，每年大约出版二十种。

第一类：精品栏目荟萃。约请各地中文报纸副刊，挑选精品专栏若干编选，涵盖文化、人物、历史、美术、收藏等领域。

第二类：个人作品精选。副刊编辑、在副刊开设个人专栏的作者，人才济济，各有专长，可从中挑选若干，编辑个人作品集。

初步计划先从20世纪80年代开始编选，然后，再往前延伸，直到“五四新文学”时期。如能坚持多年，相信能大致呈现中国报纸副刊的重要成果。

将这一想法与大象出版社社长王刘纯兄沟通，得到王兄的大力支持。如此大规模的一套“副刊文丛”，只有得到大象出版社各位同人的鼎力相助，构想才有一个落地的坚实平台。与大象出版社合作二十年，友情笃深，感谢历届社长和编辑们对我的支持，一直感觉自己仿佛早已是他们中间的一员。

在开始编选“副刊文丛”过程中，得到不少前辈与友人的支持。感谢王刘纯兄应允与我一起担任丛书主编，感谢袁鹰、姜德明两位副刊前辈同意出任“副刊文丛”的顾问，感谢姜德明先生为我编选的《副刊面面观》一书写序……

特别感谢所有来自海内外参与这套丛书的作者与朋友，没有你们的大力支持，构想不可能落地。

期待“副刊文丛”能够得到副刊编辑和读者的认可。期待更多朋友参与其中。期待“副刊文丛”能够坚持下去，真正成为一套文化积累的丛书，延续中文报纸副刊的历史脉络。

我们一起共同努力吧！

2016 年 7 月 10 日，写于北京酷热中

目 录

人与歌，皆在路上 韩浩月 1

《踏歌行》是一把钥匙 洪 琳 5

在《天鹅之旅》里高挡位大油门 1

不见朗月导我迷途只有《星》 6

琴师回来独他尔还会再响 11

《叶子》上有多少你要的风景 16

年关时节别扯风花雪月 21

跌倒在《北风》的乡愁里 26

能进行到底的是爱，不是爱情 31

《最后一夜》向他告别 36

《睡在我上铺的兄弟》集结令 42

天之大，思念何必泪眼 48
那个《毕业生》不是我 53
在我没有意识到的《青春》 59
谢谢你带我去听《草帽歌》 64
《秋蝉》的世界里谢绝忧伤 70
把自己的日子过成歌 75
《领悟》：还有什么没参透 80
《北京的冬天》你在思念谁 85
我是否曾在北海“荡起双桨” 91
光阴的眼中承诺是什么 96
跟着许巍的《时光》跑 101
与《无奈》一见钟情 107
那些《闪亮的日子》其实叫年轻 113
有些日子没听老爸唱歌了 118
《鸿雁》把我的记忆送回来 123
《星星索》：唱给自己的小情歌 129
《朋友》一生一起走 135
《晴朗》：你让我感觉到力量 140

没那么简单 145
《北京之雪》：乘着月光进家门 150
和汪峰一起唱《北京北京》 155
总能听到《下沙》的消息 160
他们显然已经忘了《狂流》 165
因为深爱，所以沉默 170
《爱》在记忆的炎夏里 175
听到《消息》已十年 180
李宗盛：必修课中的自考题 185
一个人在北方听《南方》 190
人生输赢在《向往》里听懂 195
女人之《问》 200
一样的月光，不一样的日子 205
海边追忆《似水流年》 210
那年的《贝加尔湖畔》 215
有人哭有人笑有人输有人老 220
《钟鼓楼》下要走多少路 225
《黄昏》就是这么任性 230

《当你老了》唱给谁听 235

带有《故乡》气息的一切呼啸而来 240

越过《山丘》谁在等候 245

身不动，心已远 251

受暗示的行走 256

谁正走在大路上 260

女孩行走，女人回忆 265

风流总被雨打风吹去 270

告别时刻最美 274

后记 279

人与歌，皆在路上

韩浩月

认识陈娉舒12年了。她在《中国青年报》主持文化新闻版块的时候，我是她的作者。娉舒的工作风格是孜孜不倦地追求完美，时常就一篇稿子与作者反复沟通，而我的写稿风格是力争靠谱，因此我们的合作非常顺畅而愉快。

娉舒是位气质美女，这一点在第一次见面时就发现了。印象较深的是，有一次她在北京西直门附近的一家餐馆请大家吃饭，席中不断有新人加入，都是京城里写字麻溜儿好的腕儿，酒席于是便成了流水席。她酒风豪爽，且能够坚持陪一桌糙老爷们好酒者吃喝到最后，不厌不烦，实属难得。

那会儿还是 MSN 时代，我们经常在网上交流。因为我也写少量的情感文章，发在《中国青年报》的著名版面《屋檐下》上，娉舒看到后总会跑来闲聊几句。娉舒提问的方式很高明，不给人以八卦之感，却能引人踊跃作答。所以那段时间的聊天，很可能我不小心坦露出一些不适合写到文章里的真心话，但我信娉舒是很好的“树洞”。

这本书里收录的大多数文章，在见报的时候读过。自称有“拖延症”的娉舒，在写作过程里承受了一些煎熬，这些文章完全可以形容为“心血之作”。我在阅读时总想寻找些她没能写到文章里的心迹。但读多了，觉得娉舒的写作，不像我那样时常会藏起来一些东西，她是掏了心窝子写的，完整地读完这本书，就能基本掌握她的人生履历，了解她的价值观，明白她是一个怎样的人。

娉舒是个骨子里有点儿男人味的人，这从她的歌单里可以明显看到，瞧瞧她喜欢的那些歌手：许巍，高晓松，汪峰，老狼，罗大佑，李宗盛……都是文艺老男人曾经喜欢的对象。但与男作者写这些歌手不一样，娉舒是以女性的角度，来讲述自己与那些歌之间的故事。于是，本书就拥有了阳刚与柔媚、乐观与伤感、温暖与苍凉等既对立又融合的情绪，而你读来并无分裂感。

书中最为小女人的歌，是辛晓琪唱红的《领悟》。且看看娉舒是如何评价这首听了令人“痛心疾首”的歌——“辛晓琪过于小女人；周华健，风过耳；李宗盛更洒脱，有笑看风云破的淡定”。这就很容易懂了，她更喜欢李宗盛的版本，更懂得这个老男人的心声，更愿意接触那些被磨砺后的情绪。

音乐是一个人独处时最好的陪伴，音乐也是一个人不同时间段、不同情绪下的内心反映。娉舒以歌名为题目，以音乐为素材，以生活故事为佐料，不知道她精心制作的这道文字大餐，读者是否品出了多样的味道？

书中写到的歌，都是不同时期的流行音乐代表作，它们折射的是我们这帮 70 后的成长史与心灵史。很庆幸我们这个年龄的人，从少年到如今，都不缺情感充沛的动人作品。在理想年代，音乐人写出了饱含感性汁液的歌曲，这些歌曲，不同程度地成为我们身上的一部分气质。现在看来，依然喜欢这些歌的人，已经在孩子们那里，成了保守落伍者，但只有我们自己知道，哪怕时间再过去几十年，我们一样有一颗拒绝成长也拒绝世故的心。

1985 年版的《雪山飞狐》，主题歌名字叫《雪中情》，那么多年过去，现在偶尔耳边还会响起它的旋律，“雪中情，雪中情，寒风潇潇，飞雪飘零，长路漫漫，踏歌而行”。娉舒这两年，依旧奔波在路上，她的这本书，让我把她想象为那个在雪中踏歌而行的女子，侠义而温情，清新而隽永。

《踏歌行》是一把钥匙

洪　琳

一直想谢谢娉舒，是她在《中国青年报》副刊开设的专栏《踏歌行》，让我这个严肃的时事评论员能够在节目之外保持风趣幽默且文艺风骚。坚持写了这么多期，而且篇篇质量上乘，娉舒真的很不容易。和许多朋友一样，我也一直撺掇着她将《踏歌行》结集成书。

舒舒和我是大学同学，毕业后又同样守着各自那家很有风骨的传统媒体一干就是20多年。毫不夸耀地说，她的文章我最能读懂，尤其是最近几年的个人专栏《踏歌行》。而事实上，《踏歌行》里的每一篇文章，歌曲只是一个引子，作者的感悟、思考才是值得细品的。

很多歌，是有故事的歌。很多人，是有故事的人。有故事的人，一起来听那些有故事的歌。这是舒舒开设这个专栏的初衷。读这个专栏，我习惯一边放着相应的歌曲，一边仔细地阅读老朋友熟悉的文字。每每读完听罢，我都有一种穿越到作者营造的意境或者歌曲映衬的年代的感觉，如同每篇文章反复斟酌才最终定下来的题目。比如，《我是否曾在北海"荡起双桨"》《那些〈闪亮的日子〉其实叫年轻》《他们显然已经忘了〈狂流〉》《〈当你老了〉唱给谁听》……

还记得《踏歌行》专栏开篇的话，里面说到我们这代人最喜欢的歌者罗大佑眼里的歌，"歌是语言绽放出的花朵"。1974年，20岁的罗大佑用吉他弹出一曲优美的旋律。他选择了徐志摩从英国女诗人克里斯蒂娜·罗塞蒂的作品*Song*翻译过来的词：当我死去的时

候亲爱 / 你别为我唱悲伤的歌 / 我坟上不必安插蔷薇 / 也无须浓荫的柏树 / 让盖着我的青青的草歌 / 淋着雨也沾着露珠 / 假如你愿意请记着我 / 要是你甘心忘了我 / 在悠久的坟墓中迷惘 / 阳光不升起也不消翳 / 我也许也许我还记得你 / 我也许把你忘记……罗大佑的第一首作品，就是这么悲伤的一首歌，正如我们每个人都会有那么一段忧郁或者强作忧郁的青春。《踏歌行》一网打尽这些陶醉在歌声中、沉浸在忧郁里的人们。这注定是一个粉丝年龄跨度很大、能引起几代人思考共鸣的栏目。

于是，舒舒的《踏歌行》，在《天鹅之旅》里高挡位大油门驶了出去，不见朗月导我迷途只有《星》，那个《毕业生》不是我，《秋蝉》的世界里谢绝忧伤，人生输赢在《向往》里听懂……听着这些熟悉的歌曲，自然少不了感悟人生、理想、爱情。

2013 年 11 月，李宗盛“既然青春留不住”演唱会在北京开唱，我和舒舒还有许多朋友一起去哭去笑。台上唱《山丘》的李宗盛，那年已经 55 岁，可还是那个跟你跟我嬉皮笑脸插科打诨的老顽童。我那天隐隐感到舒舒是时候和过去道别了。只是一种感觉。

《越过〈山丘〉谁在等候》，当看到这篇文章时，我知道舒舒告别了中青报，也告别了《踏歌行》这个专栏。舒舒约我给这本书作序，我想这一定是因为她熟悉的人里我最懂她吧。

隆重推荐这本书。读《踏歌行》里的每一篇文章，我都会和作者舒舒一样感慨：“幸运的是，我们拥有这样一些歌，为我们记录下何其相似的一切年轻——怎么样考学，怎么样上学，怎么样打饭，怎么样的学生澡堂，怎么样的校园情书，听过相似的歌，经历相似的生气与开心。这样一些歌，犹如一把公用钥匙，为站在宿舍昏暗楼道中的我们，打开了一扇门，然后我们微笑相对，相互招呼：进来吧！”

《踏歌行》，就是这样一把钥匙。打开心门，去寻找“心里活着的那个年轻人”，在你我怀念的“那一片白衣飘飘的年代”。

在《天鹅之旅》里高挡位大油门

秋阳高照。“围脖”里有人来说开车出去遛遛。我回帖：记得把车里音响声拧大点。

天气特别好，天气特别不好，都有人专挑这个点儿出门开车。秋冬阴霾天多，这时，插上钥匙，打火，挂挡，油离配合，拧开大灯，让自己快些汇入这个城市的车河。目的地？这个可以有，这个我还真没有。有这类季节性抑郁情绪的人不少。又一阴霾天，一老大哥短信我：开车出门吧，记得拧开大灯……这类提醒，正是情绪被坏天气困扰着的人互相拯救的信号。

前边又堵上了。这时，可做的事，多了去：照镜子，吃糖果，涂唇膏，找墨镜，调后视镜，调座位，看几眼短信甚至回复几字短信，往车窗外东张西望，看街景，看行人，放肆地打量着与我一同堵在半道上的新车豪车。

绿灯亮了，车流重新放行。做点什么呢？可以不发出声音，不接收声音，让嘴巴耳朵彻底休息；可以把感兴趣的广播频道轮番监听。当然，更多时候，是让自己喜欢的歌填满车舱，而不必控制音量。

有很长一段日子，迷许巍。在春天，会狂听《时光》，最喜欢是开头这句："在阳光温暖的春天，走在这城市的人群中，在不知不觉的一瞬间，又想起你。"瞧这词，是不是很有空间感？借这一句，设想出一个街角，乌泱人潮，再闪过一些面容，一些话语，碎片也是好的。有那么几年，手机彩铃，定格《时光》。

听许巍听得最凶的，是这一首："我们在前世约定，一起穿行这世界，一生都不会停歇，永远向着那春天……"没错，《天鹅之旅》。

做记者的那些年，爱出远门，车途劳顿，总有昏昏欲睡集体无话时。忽然，司机那边远远地响起“我们在前世约定，一起穿行这世界……”车厢里的一切在这一瞬突然活泛起来，睡去的旅伴一个个醒来，叽叽喳喳的玩闹声再次填满车厢。耳边是许巍，如果正行走在青藏线，或是河西走廊，车窗外有蓝天白云，有戈壁滩涂，这就最好不过，路上的幸福，就是此时。

有些音乐，从来不属于酒吧，不属于剧场，也不属于你家的高级沙发，它的伴侣，是脚下的油门，是手里的方向盘。《天鹅之旅》就是。许巍的歌就是。

今夏，跟一个车队接连七八天奔袭在疾风暴雨里，鞋袜天天湿透，心情也湿漉漉。一天，同车的北京男把光盘塞进CD机。嚯嚯，《天鹅之旅》！我说。北京男一听，上下打量我半天，连日里自信满满的脸色迅速温柔了下来，姐姐你真棒，你竟然也喜欢许巍，北京男语气真诚。我笑，没接话，耳朵忙着捕捉《天鹅之旅》，前挡风玻璃依旧水雾弥漫，心却肆无忌惮地豁亮起来。

北京男不知道的多了。早在大前年，跟一个车友互换博客链接，然后彼此全乐傻：我博客的背景音乐，是《天鹅之旅》；他博客的音乐库，干脆一水儿许巍，第一首，《天鹅之旅》。

新疆一朋友，走过沙漠，走过雅鲁藏布大峡谷，是那种能把很多歌都唱得很崔健的“麦霸”。那次大伙相聚K歌，我点了一堆许巍、老狼，一批60后男人面露难色，而新疆朋友如获至宝：许巍的歌，最适合开车啦。他这话的功效，相当于地下党休眠者被唤醒找到了接头人——不论新疆北京，我们拥有一个共同名字叫“许巍”。

是的，总有一些时刻，你需要许巍。

有没有这样的时刻？你突然听不得身边有任何一丝动响，你满怀满脑都是事，你心里头藏着很多很多个小人，在反复跟你较劲，某个瞬间，你都想好与之和平谈判了，可话到嘴边，双手搁键盘上了，忽然之间，如许巍唱的，“太多的语言，消失在胸口”。

这时候，去开车。打火，上路，让自己和车迅速被长长车流裹挟。打开车内音响，只放许巍。浅吟低唱的，一概 PASS，那首很激越很辽阔很摇滚的《天鹅之旅》，你就来回放吧。

你的耳边是《天鹅之旅》；你车头前方，是北京蓝得晃眼的天，白得晃眼的云。透过车窗，阳光赤辣辣照了进来，驾驶舱温度慢慢高了。飞过这群山，飞越那洁白云海，飞过那万马奔腾的绿色原野，鼓点逐渐密集，节奏逐渐加快，一些在漫长冬季里悄无声息憋屈了很久的东西，一一融化、剥落，突然感觉身上松快了，你希望自己干脆就融进这温暖阳光里。此刻，一切驾驶动作，全在潜意识，挡位推高，油门深踩，车速加大，车飞跑起来。

瞧，对每一个自闭症疑似患者，每一个抑郁情绪拥有者，这是多么低碳环保又不扰民的自救方法啊。感谢许巍，感谢《天鹅之旅》。

（发表于 2010 年 10 月 19 日）

不见朗月导我迷途只有《星》

这几天上着世博闭幕的夜班，世博开幕初期的记忆就都回来了，其中，有一个头发花白身材瘦小的日本老头儿。

老头儿叫谷村新司。世博开幕晚会直播的时候，我正开车往单位赶，收音机里响起高亢的前奏，《星》！火速开大收音机音量。那个时刻，有人跑到我博客里匿名留言“正在看世博会开幕式，谷村新司正在唱《星》，想起来你特别喜欢，于是赶来留言”。采访世博数天把脚都给走肿了的同事平日里从容镇定，那晚也嚷嚷，听到这首歌激动不已啊！纠结的心情一下好了很多。

谷老头的这段视频，成了五一期间微博里转发最多的视频之一。好多人在微博里说，看了那段视频，才知道了《星》。

而我知道《星》，有二十七八年了。第一次听，现在还记得清楚，是沈小岑唱的。20 世纪 80 年代初，家里有好多沈小岑的盒带，里头有美国音乐牛人福斯特的《老黑奴》《故乡的亲人》，还有这首《星》。磁带翻过来调过去地听，歌单被翻得稀巴烂，也记住了《星》的词曲兼演唱 —— 谷村新司。

那时，我所在的城市电台广播开创新先河，DJ 从早到晚跟你在收音机里套磁，还海量播放香港粤语歌曲，一串串歌星的名字随时挂在 DJ 嘴边，这当中也包括了这个名字 —— 谷村新司，当年香港歌星集体崇拜的日本音乐偶像，另一个怪异名字是西城秀树 —— 事实上，风靡一时的粤语歌曲，多是日语歌的“粤语版”，用日本人的曲，填香港人的词，旧瓶装新酒，搞音乐都这么会旧物利用，所以说香港人是环保急先锋。

于是陆续听到《星》的不同版本，邓丽君、徐小凤、谭咏麟、关正杰、区瑞强……终于有一天，看到谷村新司的照片，一个留小胡子的中年丑男。看在《星》的份儿上，竟就说服了自己：这个留胡子的日本男，看上去也还善良。

10年前，姜育恒又把《星》翻唱成《我的心没有回程》。《星》的开头有宁静致远，结尾有高亢激越，忧郁中年姜育恒有“极具撕裂感”的暗哑音色，没办法，冲着那歌其实是《星》，已经对中年老姜没感觉的我，还是掏腰包为他这个专辑买单。

对咱国这个近邻的音乐，其实多数人更熟悉的，大概莫过《北国之春》《四季歌》《红蜻蜓》。《北国之春》是一首游子吟，《四季歌》是爱亲人爱生活的温婉情怀，《红蜻蜓》是山谷乡野童趣无邪。却很难用一句话说清《星》是什么，是个人奋斗？是不屈不挠？咱常说有些人很“独”，而《星》就是很“独”的歌。

2008年冬天电影《非诚勿扰》上映。邬桑驾着斯巴鲁，在广袤无际黄灿灿一片的田野中，时而急驰时而骤停。车里，在异国打拼的这个男人扶着方向盘，眼噙热泪低声吟唱。邬桑在哭什么呢？这番痛哭的前夜，他刚刚高歌一曲《星》——北海道之夜，四姐妹酒屋，四个“奶奶级”日本歌女，中国老男人邬桑和秦奋，相拥举杯，一起唱《星》。

有朋友告诉我，《星》在那个电影里的出现，是植入广告之需，那首歌不单是日本名曲，也是赞助那部电影的某汽车公司的宣传曲。

相信朋友所言非虚。不过，我也还愿相信，那群老男人老女人唱起《星》的一刻，他们懂得了彼此。民族不同，年龄迥异，语言不通，但是有酒，有音乐，《星》就是异国小酒馆的这个夜晚，几个老男人老女人相互的心灵通行证。

听完四姐妹酒屋里的《星》，我那阵子就犯魔怔。上班下班，会独自在车里一个人唱起《星》，“啊……不见朗月导我迷途只有星”。眼前掠过2008年岁末北京城的街景灯光，脑中闪过，是一些很久远的情景——2000年6月巴丹吉林沙漠上的星空；2004年跟一个车队在俄罗斯斯摩棱斯克附近过关被阻，猫在车里度过的11个小时，公路旁是垃圾场，抬眼望天繁星点点……每一个4年就这样一晃即逝。《星》在那个冬天被我放在博客音乐库的第一首，时常会被朋友告知：专门去你博客上听《星》。

而在2010年4月底，那个我听说了20多年的日本老头，带着他的《星》又一次来到中国。他登台唱《星》的时刻，一个10岁起就听《星》的中国人却没能第一时间看到。开心网上我的这条记录，被一个大学女友跟帖："谷村新司已满头白发。"

是啊，那个老头，他真的一头白发，连胡子都白了。

而《星》，总还像第一次遇着它，前奏一响，你周身的血，一下子热了。

（发表于2010年11月2日）

琴师回来独他尔还会再响

从来没设想过，会这么快写到这首歌。

怎样的机缘巧合，又突然重新听它？

还得说某个夜班后的凌晨4点。车外黑灯瞎火，边开车边随手塞进一张CD，“天山脚下是我美丽的故乡……”，竟然是它！

“瓜秧断了哈密瓜依然香甜，琴师回来独他尔还会再响”，影片中，琴师卡拉逃离匪巢时被一枪击中，琴师再没能回来；而在凌晨4点刘欢如水般的吟唱中，关于这部老电影的记忆却瞬间奔涌回来。我的车，那时正飞奔在凌晨4点的京城北四环路，而驾车的我，乘着歌声的翅膀，回到了有着这首歌的那部电影里，回到有着那部电影的童年里。

妖艳的假古兰丹姆，阴险的匪首热力普，忠于爱情的阿米尔，聪明的杨排长，宽厚的一班长……还有那一句句台词，“阿米尔，别忘了我！”“阿米尔，冲！”“我们还太年轻”……这是我童年里的《冰山上的来客》。

有那么一些电影，每次看，每次都满心满怀的满足。《冰山上的来客》是这样的电影。不离不弃的爱情，狡诈狠辣的敌特，壮烈感人的牺牲，凶险复杂的战局，大西北的绮丽风光，优美抒情的音乐……《冰山上的来客》满足了小时候我对一部好看电影的所有想象。在60后、70后的童年里，“阿米尔，冲！”就是一句心照不宣的接头暗号，那时候，每个男孩的内心，都有一个“古兰丹姆”，每个女孩的心里，都有一个“阿米尔”。

《怀念战友》出现在影片中，是一班长牺牲的噩耗传来时。

夏天，冰峰上出现了少有的暴风雪，杨排长带人赶到哨所时，一班长和阿米尔已被冻成了冰雕，阿米尔得救，而一班长却永远离开了他的战友们。镜头静默处，悲壮的旋律骤响，“当我永别了战友的时候，好像那雪崩飞滚万丈。啊，亲爱的战友，我再不能看到你雄伟的身影和蔼的脸庞”。这个桥段，以及琴师卡拉临终前对真古兰丹姆说“我们还太年轻”，小时候每次看，都感动得哭天抹泪。这些年每当电视重播这部片子，我会守候到一班长握枪伫立于山洞中被冰冻住的那组镜头，等“当我永别了战友”这一句的响起，让这段悲壮有力的旋律，去推开我眼泪的闸门。

大概是 1983 年的前后，全国人民争学张海迪，在诸多“海迪姐姐的故事”里，张海迪最喜欢的一首歌，正是《怀念战友》——那个年代流行让公众知道楷模们“最喜欢的一首歌”“最喜欢的一本书”。跟海迪姐姐同爱一首歌，这个意外发现，很是让当时才 10 岁冒头的我沾沾自喜好一阵——自己多有眼光多有品位多有艺术鉴赏力啊，当时我真这么想。

“天山脚下是我美丽的故乡，当我离开她的时候，就像那哈密瓜断了瓜秧，白杨树下住着我心上的姑娘……”歌曲开篇，是一幅平静惬意的边疆生活图，而“平地起惊雷”的那一秒，这就来了——“当我永别了战友的时候，好像那雪崩飞滚万丈”，听歌人血脉偾张的时刻刚到，而歌者的情绪却又迅速转为忧郁哀伤——“我再不能看到你雄伟的身影和蔼的脸庞”，“你再不能听我弹琴听我歌唱”，浅唱低吟，听歌的人享受着眼泪无声流淌的幸福。

是，忧郁，哀伤，流泪的幸福。这部电影诞生的1963年，是那样一个火红的“革命年代”，那样一部主旋律影片，却被我这个70后咂摸出一股革命人的爱与忧愁，也不单《怀念战友》《花儿为什么这样红》《冰山上的雪莲》《帕米尔的雄鹰》……诞生在47年前的这些音乐，在我听来，每一首无不是豪情满怀却又愁绪万千。当爱情失去，当战友逝去，应不应该有哀怨、有忧愁？作曲家雷振邦——《冰山上的来客》的词曲作者，给出了最最人性的答案。

刘欢的这张专辑叫《六十年代生人》，在专辑题记中刘欢写道：“可是当那些回荡在记忆深处的旋律飘然而至，心底的咏唱就印证了一切，再癫狂的时代都会留下一些美好，因为有人在，因为有音乐在。”

这大概正是当年我在北京图书大厦CD墙取下《六十年代生人》的最真实动机。每个人，都有一把属于他自己的独他尔，每个人，都有一位他的琴师。

只是，每个人的琴师，一旦走了，他的独他尔还会再响吗？他的琴师，还会回来吗？

（发表于2010年11月16日）

《叶子》上有多少你要的风景

第一次听《叶子》，是2006年夏天的一场选秀。一个面容毫不娇媚甚至还略带凶相的选手，但有一副鬼魅的沙哑嗓，弹得一手好吉他，多轮赛事里，这个没有美色的女孩，多次站到了PK台上，她跟对手PK的，她向每一拨评委和观众道别的，永远是一首《叶子》。

《叶子》的词就像一篇日记，“孤单是一个人的狂欢，狂欢是一群人的孤单，爱情原来的开始是陪伴，但我也渐渐地遗忘，当时是怎样有人陪伴。我一个人吃饭旅行到处走走停停，也一个人看书写信自己对话谈心。只是心又飘到了哪里，就连自己看也看不清，我想我不仅仅是失去你”。歌里站着这样一个人，看上去满脸孤单，但又不是消沉，不是颓废，她从容地独处，从容地四处走，从容地看风景，不期待有人陪她去看细水长流，好像，也确实没人陪她去看细水长流。

不是豪华巨制大片，不过是一个温馨小品，没有宏大叙事，没有大开大合，没有家国情怀，就是小情怀，小哀伤，小坚强，小从容，小曲，小调。它适合抱着吉他，躲一角落，有一搭没一搭地唱，想停下随时停下，想唱起就重新再来。那年夏天，记住了《叶子》，记住了唱它的那个不漂亮的选秀选手。

没过多久也知道了，《叶子》原唱兼创作者，叫阿桑，海峡那边的一个小众歌手。但对阿桑的好奇，也就这么多——你知道的，从宝岛台湾漂洋过海来这边，身上插着“小众”“文青”标签的歌手这几年太多了，从张悬、陈绮贞到苏打绿……而我却不很习惯这些让80后“文青”为之痴狂的歌手作品中传递的小情小调，更主要的是，我早没了年少时候的那分好奇，不会动心去买他们的专辑，不会动心去看他们的演出。阿桑，对我来说，仅仅是这些“听说过”的歌手中的一员。

只是，每当收音机里响起《叶子》，还是会赶快开大音量，一个字一个字听完。那时刻，听它的人，也是独处的——我不是指空间意义上的状态，我是说，那个听歌时刻，没有一个在瞬间迅速自我封闭起来的心境，我听不进《叶子》。

2006年年底，拿一位朋友的故事写了篇文章——《谁正走在大路上》。朋友喜欢一个人四处走路，每一段行走，从不事先做设想，就是随意地走，随意地看，随意地停，在迷路中结束，又从迷路的地方开始。在我看来，朋友很会独处。热爱独处的人，懂得自己带自己玩，教自己玩，这种人最懂得“孤单是一个人的狂欢”，而这种人更愿意“一个人吃饭旅行到处走走停停”。在满北京城南北东西走着的过程里，朋友看到了很多人这辈子都不一定有机会看的风景。写那个文字时，我满脑子都是《叶子》。

当然，在一个事推着人走的竞争社会里，独处也好，四处乱走也罢，都是多么奢侈的事。总是紧赶慢赶奔着事去的活法，似乎是听不得太多遍《叶子》的。终于，在一个都不再怎么想起《叶子》的暮春深夜，突然听说，写《叶子》的人，走了。

那是2009年4月上旬，某天深夜12点多，打开收音机。“这个夜晚，传来这个消息，想着阿桑……就让我们在这个深夜再度聆听阿桑的《寂寞在唱歌》吧。”女主播说。不用猜，一定是在这个夜晚来临前，阿桑出事了。那个我一点都不熟悉，没有《叶子》这首歌我就将无从评说的陌生女人。

那晚听来的坏消息，被我写进了博客。一个叫“蓝莓街道柠檬香”的网友留言说，他前些天特地选择一个人去西安，一个人住旅馆，一个人走夜间小巷，一个人听MP3里阿桑的《开车》，一个人拿着尼康满大街记录那座老城。“蓝莓街道柠檬香”说，阿桑就像她自己歌里所唱的，只是提前下了车。

就当阿桑半途提前下车吧。写出《叶子》的阿桑，她在短暂旅途里经过的风景，绝不比那些长命百岁的人来得少。在我以及我那位热爱一个人四处走路的朋友眼里，“风景”，绝不仅仅是美景，而是来时路的一切，饿，渴，乏，孤独，犹豫，胆怯，N种可以发散得无边无际的虚无缥缈的胡想遐想……一路风尘仆仆的所有小苦痛小快乐，都是“风景”，每一个喜欢《叶子》的人，你懂的。

也因此，那个“一个人吃饭旅行到处走走停停”的阿桑虽然不能再往下一站走了，但她会驻留在那些继续一个人到处走走停停的人的心间的，谁让他们是孤独的同类呢。

（发表于2010年12月14日）

年关时节别扯风花雪月

2010年的日历表只剩下薄薄几页，一个小朋友的MSN高挂着“年底是‘矫情惆怅’复发的时刻”。看着这签名，我大乐。每年十一二月起，很多人就摸爬滚打在由“总结”“汇总”“盘点”诸种任务堆砌起来的日子里，做什么内心里都哼哼唧唧，干什么都感觉跌跌撞撞，满脑子想的都是快快熬到春节长假好喘口气。其中滋味，不用说，你懂。这时刻，要我说，就是赶快找点不用过脑没心没肺的事做，千万别在追忆往事感伤岁月的路数上折磨自己。

比如我现在，正开着收音机换着频道解闷。

可是真的很不幸，躲什么来什么。收音机里这时响起一首歌，再熟悉不过，周治平的《那一场风花雪月的事》。

这是20年前刚上大学时候的歌。当年，随便哪个年级的宿舍楼，随便哪间屋子、哪条楼道，都可能随时响起这串哀婉的音符。那时候，大伙喜欢把盒式录音机的音量开到最大，得让歌声塞满全屋，能飘到隔壁水房里那是最好，洗着衣服还耽误不了听歌。录音机里放的磁带五花八门，当中就包括了周治平。我当年可能也买过他一盒磁带吧，里头记得最牢的，就是这首《那一场风花雪月的事》。

曾经，他真的那样流行。但似乎，他也从来没有特别大红大紫过。可日子这么走着走着，《那一场风花雪月的事》《青梅竹马》竟然也陪我们20年了。

歌还是那首歌，听歌的人已不再是当时少年。我买的那盒周治平的磁带，也许还躺在装满了当年旧磁带的那个抽屉里。只是能放磁带的老式录音机，已经不大好找了。走到中年的门槛前了，“坐爱情的两岸，看青春的流逝”，有这份围观兴致和力气的，恐怕都不再有几人。

前阵子，10来个不同专业的校友在阔别近20年后再相聚。当晚京城大降温，同学们“忆往昔峥嵘岁月稠”，一通叽叽喳喳，还扯到了每到冬天宿舍楼门口挂着的那块沉甸甸黑乎乎的厚棉布帘。曾经，我们就掀着那块厚棉布帘，围着同一个门洞，你进楼，我出门，数年中擦肩而过。跟厚棉布帘一样的共同记忆再往下数，就该轮到宿舍水房楼道间飘荡着的那些老歌，轮到这首《那一场风花雪月的事》了。可当年我们有几个人会去认真揣摩“遥远的明天未知的世界，究竟会怎么样”？

现在回头看，“一场风花雪月的事”，还是连接起我的大学和我的工作的最早的那根螺丝钉。毕业后，我所在的第一个部门负责的几块新闻版，其中有块版保留着当年盛行一时的“连载”栏目，有段日子连载的正是海岩的《一场风花雪月的事》。女公安吕月月和黑道豪门“富二代”小伟那场以悲剧收场的风花雪月，让我至今都固执地认定，那是海岩写得最用心思的作品。

跟周治平歌曲几乎同名的那篇小说，很快被拍成同名电视剧。那也是徐静蕾的电视剧处女作。演绎吕月月的徐静蕾，当年可是满眼青涩黑不溜秋的柴火妞啊，而此后，她一步步成了导演，成了“亿元票房俱乐部”的一分子，成了最近承认自己正处恋爱中的自信满满的“奔四”女人。

而那部电视剧的片尾曲，歌名依旧沿用“一场风花雪月的事”，只是词曲不再是周治平版本，唱电视版《一场风花雪月的事》的，叫陈琳，一首《你的柔情我永远不懂》曾经让她红极一时，但在2009年深秋，她放弃曾经有过的风花雪月，选择从高空坠下作为她的生命绝唱。

陈琳，徐静蕾，一个已如秋叶般静默离去，一个还像夏花般绚烂地盛开。命运是如此吊诡，无从寻解，像不像周治平唱的，“那些前生来世都是动人的故事，遥远的明天未知的世界，究竟会怎么样……所谓山盟海誓只是年少无知，告别的昨天远去的欢颜，究竟是怎么样”？

尽管，我是如此喜欢这样一首老歌，但依然很后悔在年关时刻不慎听到它。它总会带着你强迫症地翻找起一些已是灰土满身的往事。何苦呢，岁月静好，才是幸福。尽管，我是如此喜欢这样一首老歌，我也还要固执地大声说出，不喜欢周治平的音色，太过阴柔太过明亮。当然了，我也不得不承认，有些歌，它的每一个音符每一个吐字，总是那么容易往人的心坎里走，以至后来我自己都全忘了，它其实是演绎自一个我有多么不喜欢的音色。《那一场风花雪月的事》就是这样。

（发表于 2011 年 1 月 4 日）

跌倒在《北风》的乡愁里

南方低温雨雪，北方大旱无雨，超25亿人次参与的新一轮春运又开始了。车站售票厅，露天的代售点，为一张回家的票数宿不眠不休的人们，排起的队伍蜿蜒百米。人们自发组织起来，在手背上写下编号，用卡片相机拍下每一张脸和对应的手背上的编号，昼夜坚守，向着那个叫作售票窗口的地方一点点挪近。这个季节，大风天总是很多，冷风呼啸掠来打在身上脸上，那是怎样一种滋味。忍受着这一切的人们，仅仅是想回家。

在异乡忙碌了一年，打拼了一年，年来了，得回家。

岁末，这样的情景要在很多地方重复上演。焦灼，无奈，麻木，写在这一张张被僵硬的现实与回家的迫切共同折磨着的脸上。也只有这种时候，看着别人归心似箭，才催醒了自己：我应该在这座城市，还是在那座城市？真的只有回到各自的出生地，人才能收获真正的满足？

隆冬的北京，缺雪缺雨，最不缺的就是风。风中的日子，似乎也更忙乱，下班回家多是暮色深沉时，如果路上突然冒出念头想听歌，最想的，是《北风》。

有那么一些歌，带有季节性。《北风》，不适合响起在酷暑时节或者春暖花开的日子里，只适合冬天；听《北风》，也不适合在你泡好普洱冲好咖啡的时候，那样的时刻过于绵软、没劲，而更适合你正奔走在路上，裹挟在地铁汹涌的人潮里，徘徊在北京西四街头某家小店的橱窗前。最好，是鬼哭狼嚎般风声伴有沙尘卷起的暮色苍茫时分，街上人行色匆匆，昏暗中，在辨不清方向的某个角落，突然响起那一嗓子，“放开陈旧的往事，看见一身沧桑，走过陌生的地方……”对，这才是最带劲的《北风》。

最初听《北风》，也是在北京的冬天。跟我床挨床的延边朝鲜族女孩早在九十月份就穿上毛裤；海南、福建、湖南来的男生还睡着不铺褥子的硬床板，穿着单衣单裤蹦跶在秋风乍起的校园里。穿毛裤的东北女孩和爱睡凉炕的海南男生，奇妙地会聚在这座城市的西北角。那年特殊，开学时已是国庆，才过一个月，供暖季就到了，北京的冬天来了。下了晚自习，宿舍走廊闹哄哄乱起来，宿舍里有人忙着吃学校东门外买来的煎饼果子、担担面，有人嚼着用粮票换来的五香花生米，有人在哗啦哗啦倒热水洗脚。这时，录音机里响起《北风》：“我在乡愁里跌倒，从陌生中成长，未来旅程却更长。我想到北方无助的眺望，我知道不能忘……”

张镐哲，奇怪的名字，沙哑的声音，就这样在那年冬天，填满了我们的晚自习后、卧谈会前。撕心裂肺的咬字发音，磁性粗犷的音色，沧桑，苍凉，豪迈，成了他的标签。于是，我们听《再回到从前》，听《不是我不小心》，听《我真的不是故意的》，听《北风》，听生在韩国长在韩国却求学定居在台湾的这个男人，在他的异国乡愁里，替另一群异乡人唱乡愁。

这一切，是 21 年前的事了。

几年前还泡得动 KTV 的时候，在一堆一堆大俗歌的间隙，我偶尔也会问周边男士：谁会《北风》？谁会《再回到从前》？张镐哲的，想听！多数时候收获的是摇头加摆手：没听过，张镐哲是谁？……偶尔赶上一位，"《北风》？好听好听！大学里的歌，好多年前的啦！"那一刻知道遇到同龄人了。可即便曾经听同一首歌，也已经是"好多年前大学里的歌"。

我离开校园好些年后，一张名叫《好男人》的专辑，让这个大胡子男人再回事业顶峰。但这回的张镐哲已经是"不会让心爱的女人受一点点伤"的好男人，而不再是当初漂泊异乡忍受北风吹的游子，有过"我回到异乡风吹得太狂，我感到有点凉"的悲苦，也许更懂得做好男人的幸福。一如从年少青春听《北风》、听《不是我不小心》的你我他，谁能再回到从前——那些隆冬季节穿单衣单裤睡凉炕的日子，那些11点熄灯前还嚼着粮票换来的五香花生米的夜晚？就连我们当年视之若宝的全国粮票，也早成了家中龟缩一角的历史遗存。

但是，这么多年过去，《北风》的每一次响起，还是“仿佛在告诉我走得太远，有没有忘记最初的相约”。尤其，每一次唱到“北风又传来熟悉的声音，刹那间让我突然觉得好冷”，总有一种冲动——回家。这个家，是生你养你的父母，他们的争吵声，他们的絮叨声，他们几十年日子过下来所攒出的无数丢不掉弃不得的杂物组合在一起的那个房子；是你甚至都不属于你而仅仅是租来的一间小屋，但你就想赶紧赶回去，进门先开了台灯，让光赶紧照亮屋子，光不一定够亮，没关系，灯亮起时，屋外呼啸的北风，就被挡在了另一个世界。

（发表于2011年1月25日）

能进行到底的是爱，不是爱情

早在电影《将爱情进行到底》（下文均简称《将爱》）准备投拍时，我就决定，电影公映后无论怎样都要去影院为其奉献票房。“给个理由先？”12 年前的同名电视剧，就是想看电影版的唯一理由。哪怕它就是一超级烂片呢，但因为电影版从导演到主演基本拢齐当年电视剧的那批人，因为电影版还愿意讲述文慧与杨峥的故事——尽管所有的故事无论当年今日其实都不过是编剧笔下的想象，但总还在说“文慧、杨峥、乐言们的故事”吧，这理由足够啦。

在一个年产电视剧集数奔两万集而去的国度，很难有一部电视剧，能让人提起时总是情绪复杂，总是思绪瞬间就会跑得老远老远。对我来说，《将爱》是这样一部电视剧。

很多人说，每一次重看《将爱》都会流泪，是这样吗？最近我重看了片头序幕，当《遥望》的急促前奏响起，文慧、杨峥、雨森、若彤、乐言、佳伟，已说不清他们扮演的角色名字的参演者张楚、高旗、陈明、田震、袁鸣……所有人都在奔跑——“奔跑”就是《将爱》里每个人的状态，“望见你从门前经过似有一些悲哀，于是就轻轻唱了起来……”那一刻果真有流泪的冲动，关于《将爱》的记忆，一点一点苏醒了。

在我看，电视剧《将爱》更像一部电视版音乐剧，这部“音乐剧”的导演不再是张一白而是音乐人小柯。小柯在片头用一首《遥望》把剧中人和观剧人都调整到一种“奔跑”的状态里，而在片尾他又营造了一片静谧：全世界似乎停止了运转，只有谢雨欣空灵的声音悠悠地展开追问，“遇见你的我，碰到我的你，在同样的深夜里写了同样的日记……”《谁》就像你狂躁时刻突然被注入的一剂镇静剂，炎炎烈日下冲你递上来的一瓢清泉。在《谁》的歌声里，像是站着一位淡定恬静执拗倔强的女子，很像电视剧中的小艾，很像我们身边每一个坚守爱情的女子。

雨中，夜色下的海边，潮涨潮退，杨峥高举手机踏浪而奔，电话那头，是感动落泪的文慧。浪涛声中，陈明的歌声适时而起：“可能是我感觉出了错，或许是我要的太多……”这个桥段曾是我温习最多的。这么多年，每当陈明登台，我总一门心思巴望她唱《等你爱我》，巴望着那一声声和音再度带劲地响起来。12年后，电视剧版成了电影版，唱《等你爱我》的不再是陈明而是陈奕迅，男声版的《等你爱我》，节奏放慢了，发音吐气平缓多了，似乎多了淡淡的忧伤，却明显少了当年陈明高亢歌声裹挟着的那股子猛烈击打心房的狠劲。总之，一切都变了。陈明在《等你爱我》中唱过“也许只有一次才能永久”，这句话也许是对的，重复过翻新过的，就注定变味？

《将爱》12年，它总能或近或远地闪烁在人们的视线中。日韩剧粉丝们说，它是内地首部“COPY”日韩偶像剧“COPY”得还像回事的国产偶像剧；摇滚乐迷说，看它纯粹是为了看高旗和张楚；而最主旋律的说法是，它承载着70后的集体记忆。想想还真是这么回事，宿舍、教室、跑道，同窗友谊、校园恋情、毕业后的劳燕分飞，小暗恋、小纠结、小痛苦、小竞争、小彷徨……彼时彼刻，一切是那样无法排遣难以释怀，如今回看，一切却又如此动情动容。笑容与泪水都已成浮云，但好歹拥有一个共同的名字，叫青春。

只是，12年后，演戏人、看戏人的青春都已像小鸟一样一去不回来。12年前，很多人感动于《遥望》里唱的：“所以你我从此被爱紧紧锁起来，却又不能一生相守，这到底是谁在安排。”12年后，为电视剧打造所有词曲的小柯年纪轻轻早生华发；唱《等你爱我》的陈明早已嫁为人妇；李亚鹏兜兜转转终于成长为有担当的熟男；小女生文慧成了成功女人老徐；小艾的扮演者、在片尾追问着“谁”的歌手谢雨欣，现实中更是命途多舛……这些是变的，不变的是“在你我相遇的地方依然人来人往，依然有爱情在游荡。在你我相爱的地方依然有人在唱，依然还是年少无知的感伤”。只是，这些正在四处游荡的新爱情，日后又有多少人为之执着追问“谁在等你，你在等着谁，谁在等我，我在等着谁”？

到今天，我曾信誓旦旦要去贡献票房的那部电影，还没去看。这就是所谓的老去吧——你会为某事积攒着想法却始终不见行动。青春，说到底是一种态度，一种会为所爱去做一切的冲动，没了这股子冲动与行动，青春就不在了。不在就不在吧，所有的变化，都顺理成章坦然接受好了，就如同把“将爱情进行到底”这7个字说得滚瓜烂熟的人，这一路说了12年，也早该明白，爱情不等于爱，爱不仅仅是爱情，能进行到底的，不是爱情，而是爱。

（发表于2011年2月22日）

《最后一夜》向他告别

我的朋友们每去KTV，总会把我拉上，麦克风往我手里一塞：“点歌！”作为一个活在新世纪的古董，20世纪90年代以后的歌我多半不会，喜欢的迷恋的，是20世纪90年代以前的“骨灰级”作品，于是永远只能从诸多奶奶级阿姨级女歌手的歌单里去翻找。在被无数大俗歌困扰耳朵的时候，我会故意唱这一首——《最后一夜》，原唱蔡琴。

前奏响了，提词机里，蔡琴阿姨一袭红裙优雅伫立，活动舞台缓缓升起，“踩不完恼人舞步，喝不尽醉人醇酒……”在座的人面面相觑，“谁的歌？”“蔡琴的？”……我抗击大俗歌的“战斗目标”在这一刻实现。

《最后一夜》，台湾电影《金大班的最后一夜》的主题曲，好听的三拍子，收录在1984年出版的蔡琴《此情可待》专辑中。第一次听《最后一夜》，是同学借给我的磁带。一边跟着学唱，一边看着歌单觉得不对劲：“走不完红男绿女，看不尽人海沉浮，往事有谁为我数，空对华灯愁……”瞅瞅瞅瞅，一片纸醉金迷享乐人生的颓废劲儿啊！但那旋律节拍营造出的意境，妩媚妖娆迷离。

那是20世纪80年代中期，蔡琴对大陆的多数人来说还是个陌生名字。这几年随着电影《无间道》热映、电视剧《雷雨》热播，给它们配唱主题歌的中年蔡琴在大陆焕发第二青春了，即便如此，多数人可能只知道《被遗忘的时光》、烂大街的《恰似你的温柔》……而《最后一夜》，依旧是蔡琴阿姨无数金曲中的冷门。

而我至少有一年不再去唱KTV，换句话说，至少一年以上不再想起《最后一夜》。但是最近一条新闻，让我重新想起这首歌——它的曲作者和编曲者病故了。

我在连日关于地震、核安危的海量资讯中，看到他病故的消息。当晚敲了个微博，中心思想是“60后70后80后应该记住他”。这条微博很快被转发了一百几十次，微博上不断跳出一盏盏表达哀思的虚拟蜡烛。那么多人对他的离去有反应，是因为我在微博里提及的几首歌，很多跟帖说着相似的意思，“这些歌都太经典了，但这人以前没听说”。

听过他的歌，不知道有这个人，其实这不是新闻。他不是歌手，他极少现身闪光灯前，没有粉丝为他惊声尖叫，没有荧光棒和写着他的名字的海报为他挥舞。但是留有他的烙印的歌曲，多达数千首。他叫陈志远。

活在资讯年代，陈志远的两千多首作品，上网随意一搜，歌名、原唱者、合作者历历在目，极度流行的就不少于二百首，谁都能在长长的作品清单里找到让自己眼前一亮眼眶一热的那一首。而《最后一夜》从来不是最流行，即便开出一份“陈志远作品流行度前五十名”名单，它也永远没机会入选，甚至很多人从未听说。但对于人群里的某些人，《最后一夜》又如一个接头暗号，当其前奏响起，举座茫然时，或许会有人因它而惊喜地找到同类。

10 年前认识一个老大哥，他曾经在台湾待了几百天。聊天时我说打小就听《最后一夜》，老大哥吃惊又感动，在他看来，我这年岁的人不可能熟知这首 80 年代初的老歌。后来我才知道，《最后一夜》和邓丽君的《在水一方》，是老大哥某段苦痛经历的一个另类旁证。当时，我跟老大哥还嘻嘻哈哈约着改天一起去唱《最后一夜》。10 年过去，我跟老大哥始终在同一座城市里，为各自的生活而奔忙，联系在一年年地减少。但是，《最后一夜》和《在水一方》对老大哥的意义，我始终记得。

也许是唱多了《最后一夜》，很早就知道给它谱曲编曲的陈志远之于台湾乐坛的重要性。作为一个普通歌迷，我们搞不懂怎么作曲、怎么编曲，我们只关心哪首歌好听，如果还会唱它，我们就很满足，于是很多时候我们只记得歌名、歌手、歌词。但从道理上较真地说，歌曲为什么动听，节奏韵律为什么难忘，那些配器，那些伴奏，都是成就一首经典的功臣，而给每一首歌“穿衣戴帽配靴”的，正是陈志远这样一些人。他们写歌，作曲，在他们那行里，歌手上马出发，陈志远这些人就是搀扶歌手上马坐稳了并一路护送的那个马夫。

写陈志远的微博发出的当晚，很多人在跟帖里感叹陈志远作品的经典不朽，叹息乐坛大师太早离去，说“他的歌深刻影响了我的整段青春”，有一个人说得更细：“为《明天会更好》转发。致哀。安息。这首歌在我个人体现了一份永生难忘的记忆和一个我永久亏欠的人。谢谢他。”这话传达出的气息，多像那位因为《最后一夜》而视我为忘年交的老大哥啊。一个人的死，却唤醒了活着的人很多久远的泛黄的记忆，这真是音乐的力量。

邓丽君有一首粤语经典叫《忘记他》，“忘记他，等于忘记了一切，等于将方和向抛掉，遗失了自己……”看上去，我们曾经集体忽略了这个音乐人，在他活着的时候。但是，他那些很流行或者不甚流行的歌，在他生前，在他身后，总还一直在这世界的不同地方被不同的人唱起，这其实也是对他的一种“记住”。因此不妨这么想，我们活在他的音乐里，他活在我们的记忆中。

（发表于2011年3月29日）

《睡在我上铺的兄弟》集结令

周六深夜，一档音乐节目在重播，这一期的主题词是“兄弟”。节目的后半程，杨坤的《兄弟》来了，刚翻出3年前以它为由写的文字，就听电台DJ说：“接下来，是老狼1994年的《睡在我上铺的兄弟》。”

一直以来，有意躲着一些歌，刻意不去碰它们。“它们”其实是截然不同的两类，一类是过于大众，大众到几近流俗甚至直抵恶俗的地步，于是懒得提它；另一类呢，是对它重视，重视到自感没能力写得了它们，只在心里暗暗想：留着，留待最能写的时候。

《睡在我上铺的兄弟》，当然属于后者。

在重新听到《睡在我上铺的兄弟》的这个深夜，并不是我有能力写好这歌的时期。写它，仅仅是因为跟着收音机逐句逐字温习完这歌后冒出来的第一个念想。这个“听后感”，说出来有点让人摸不着头脑——对我的家属将要做的一个疯狂举动突然间不再耿耿于怀了。

家属通知我，4月最后的一个周末，他将从周五起连续3天不回家。他们大学全班人马在距离他们母校不远的一处山庄集体包房、包大巴车，他们将连日集体行动，群宿，群聊，在京有家的也将夜不归宿。听上去有点疯狂不是？行动的背景是，那个周末，他们的母校百年校庆，多年来从不在校庆日回去凑热闹的这些人，这次却打算集体回去，因为，今年是他们毕业20周年。

我还陆续“被知道”了行动的一连串进展：一毕业就去了美国的同学特地回国啦，在日本的同学赶回来啦，毕业分配去了小县城的同学也来，毕业分配去了工厂的同学也正往这儿赶呢！……

正越过千山万水往一起凑的这些男人——全班几十人女同学仅二枚咱就当它是男生班吧，他们曾经的关系，就是他们的校友高晓松写的那样，是“睡在我上铺的兄弟”，是“分给我烟抽的兄弟”。倒退20年，他们有的睡上铺，有的睡下铺，不住A寝室，就住A寝室的隔壁……曾经随意披挂着跨栏背心，趿拉着破拖鞋，多个寝室胡乱串门，分着烟抽，一晃5年，从十七八岁分享到了二十二三。这层关系，就是20年后这番集体行动的最原始理由。

早些年，我曾“不幸”列席过这些“上下铺兄弟”中个别人的饭局，那饭局，能从天大亮喝到夜深沉，兄弟们在饭桌上举杯推盏、分着烟抽，嘴边翻来覆去的，就是睡上下铺那5年里一切陈谷子烂芝麻的事。而这次，因着毕业20年，天南海北的人都往一起凑，闭着眼睛都能想到，这3天集体行动要多乌泱有多乌泱。在外人眼里，分烟、灌酒、车轱辘话，多没劲啊。但在男生尤其工科男生那里，互相递根烟，相互灌杯酒，回忆回忆当年写不完的作业、做不完的实验，就是对年华老去最具象的感慨了。他们的智商，从来很少用到对月吟诗、把酒当歌这上头。虽然出自同一个校园，但他们不是高晓松。

事实上，一旦告别了"有漂亮的女生，白发的先生，几个爱情诗人，几个流浪歌手"的校园，并不是所有的"睡在我上铺的兄弟"，都能海外镀金，都能升迁有道，都能生意兴旺，都能事业有成。我的一些朋友，他们在大学时代里的"上下铺兄弟"，毕业后，有人反反复复进出着精神病院，有人成了不断吃药打针的资深病友，有人经济拮据做事艰难，有人从毕业那天起就杳无踪影……毕业后的每一轮聚会，当满堂欢声笑语时，在座有谁闪过一念："那片笑声让我想起我的那些花儿"？朴树在《那些花儿》里说的，"今天我们已经离去在人海茫茫"，才是很多个"睡在我上铺的兄弟"的真实命运。

高晓松要说的，也是如此。在《睡在我上铺的兄弟》里，有兄弟交情，有校园温馨，但更多的，我觉得是悲凉，是怅然，是对校园围墙外一切命运无奈却坚忍的接受。

不管你是男生、女生，只要你的人生中曾经有过一段校园生活，你一定就有一个或者几个“上铺兄弟”。当年才二十啷当岁的高晓松，用淡淡的口吻、安静的叙事，就帮我们勾勒出我们记忆中的那位“兄弟”。但为什么就是他高晓松呢？清华子弟高晓松，如果当年不逃课，不挂科，不外出追女孩，不玩琴，而是规规矩矩一如那个校园里常见的大多数，还有后来的《同桌的你》《流浪歌手的情人》《青春无悔》等歌儿吗？因此，每听《睡在我上铺的兄弟》，我总忍不住想，高晓松写的就是他自己，或者是每一个我们自己。

而当告别了睡上下铺的日子，不管你是毕业 20 年，还是毕业 10 年，还是毕业一年，一定有不少人，他们的上铺兄弟至今还仅仅是“睡在我寂寞的回忆”。而他或她自己，也大多淡忘了“分给我快乐的往昔”，而过上“现在有很多的朋友，却再也不为那些事忧愁”的日子。好在，即便日子庸常，回忆寂寞，还永远有那样一些人，从没放弃这个梦想，就是“你问我几时能一起回去，看看我们的宿舍我们的过去”。

幸运的是，我们拥有这样一些歌，为我们记录下何其相似的一切年轻——怎么样考学，怎么样上学，怎么样打饭，怎么样的学生澡堂，怎么样的校园情书，听过相似的歌，经历相似的生气与开心。这样一些歌，犹如一把公用钥匙，为站在宿舍昏暗楼道中的我们，打开了一扇门，然后我们微笑相对，相互招呼：进来吧！看，咱当年的寝室，你的床，靠窗的那张，我在你上铺！

《睡在我上铺的兄弟》，就是这样一把钥匙。

（发表于2011年4月19日）

天之大，思念何必泪眼

几天前开车堵半道上了，郁闷中打开了收音机，正播着一首似曾相识的歌，唱歌的人，音色特别好辨认，费玉清。那歌，是毛阿敏几年前的《天之大》吧。

还是第一次听费玉清版的《天之大》。音质纯净如他，唱这歌竟也严丝合缝地妥帖。听到好声音，心情立马大好，只是有点纳闷，怎么今儿播上这歌？从有这歌起，就没听说它大红大紫过，绝对属于点击率不高的“品种”，连我这样的“广播控”也已经很久没有听它了。正想着，电台 DJ 开始念点歌单：“还有几天就是母亲节……”怪不得！母亲节快到了，这歌，应景。

周日母亲节。明知道“母亲节”“父亲节”都是舶来品，老爸、老妈压根儿没这概念，但觉得借着这些节多问候一声父母，总还是好事。因此一到这类节日的当天，不管我人在哪里，一定想着给远方的父母打个电话。

母亲节下午，照例给姐姐和老妈打长途。姐姐说，几天前知道爸妈要回去，她已经带爸妈出外吃饭，给他们俩提前把节过了。拨通了老妈的电话，电话那头老妈说，正换衣服要出门，去哥哥那里，大家今晚过母亲节。

没有更多客套，我和老妈就挂了电话。开门见山，直来直去，事说完就挂，这是一直以来我们跟老妈的通话习惯，从不婆婆妈妈絮絮叨叨。这一次也如此。不过，这个电话打完了，我明显感觉到自己放松了，像是刚刚完成了某项任务。

有人在母亲节这天的微博上说，“因种种原因，大部分的孝顺动作都是在企图减轻自己对双亲的负疚感”。他说的就是我们，他说得一点都没错。拿母亲节来说，离过节还有一周呢，微博上就开始“造节”了，到周五周六，很多人就四处嚷嚷：“今天是母亲节……”他们连5月的第二个周日才是母亲节都没搞明白。不过，能想起各自的妈，有这份心，这些人也是可爱的。哪天是母亲节不重要。

给老妈打电话前，电视上正反复报道着贫困地区孕妇的生存现状，最起码的保健和营养，这些准母亲们都没有。我在微博里说，这个报道刺痛人心。有“脖友”回复说，我们国家还有太多这样环境里的母亲和准母亲，我们绝大多数人都是在这样的条件下出生、长大，所以我们要尽力让母亲生活得好一点。

看到这些富有爱心的回帖，我突然特别想重新听一次几天前在路上耳朵“重逢”的那首《天之大》。

2009年央视春晚的一大看点，是阔别春晚舞台10多年“归去来兮”的毛阿敏。“妈妈，月光之下，静静地我想你了，静静淌在血里的牵挂。妈妈，你的怀抱，我一生爱的襁褓，有你晒过的衣服味道……”从词到曲，简简单单，安安静静。在我看来，毛阿敏的《天之大》，是那年春晚的最佳节目。但春晚结束了，我很快也把它忘了。现实生活往往就是这样的：活在一个每时每刻从不缺声音的世界，我们的耳朵在接受了一轮轮碎叨杂乱的轰炸后，我们的大脑自然会时常失忆。

与费玉清版的这次邂逅之后，我上网搜来视频，毛阿敏版本，费玉清版本。“……离别虽半步即是天涯。思念何必泪眼，爱长长长过天年，幸福生于会痛的心田。”看着屏幕上这些字，跟着非常简单好学的拍子轻唱。世间最美的文字，莫过咱们的汉字，爱与哀愁，幸福痛楚，简简单单几十个字，就戳到了根上。

“思念何必泪眼”，听这个歌，我有在思念谁吗？我不大能确定。思念谁呢？好像是老爸、老妈，又好像还有其他一些已经很久很久没再见面的人。而明明理智上欣赏着这一句“思念何必泪眼”的洒脱，却又禁不住听歌听到眼眶湿润，是因为“幸福生于会痛的心田”吗？

我少年时期记忆深刻的另一首“妈妈之歌”，是《烛光里的妈妈》。它同样也有诸多版本，众多演绎者中也有毛阿敏，此前有报道说，几年前毛阿敏的母亲过世，此后3年多她不再敢唱《烛光里的妈妈》。后来当她拿到《天之大》的歌曲小样，几度落泪。音符里的人心，似乎都格外地柔软，无论是歌者，还是听歌的我们。

《天之大》听多了，也有属于我自己的小发现：它固然是一首歌颂母爱的“妈妈之歌”，但那些美丽的词句，似乎放诸四海而皆准，同是“离别虽半步即是天涯。思念何必泪眼，爱长长长过天年，幸福生于会痛的心田”，移植到爱情歌曲里，痛楚或幸福，其生成逻辑和轨迹，也是一样的。

并不是所有歌曲的歌词，都值得我们用“情怀”二字加以褒扬。但《天之大》的词作者陈涛，在20世纪90年代初就为长篇情景喜剧《我爱我家》写过那首经典不衰的《为一句无声的诺言》，前几年又写出了《暗香》。他的词从来都有着某种情怀。在我看来，《天之大》阐释的，就不仅仅是母爱，而是一切爱的哲学，随你怎么理解。

（发表于2011年5月10日）

那个《毕业生》不是我

又到毕业季。

说起来，我的学生年代的最后一次毕业，在久远的20世纪90年代。

那时，校园里摆摊卖课本卖参考书的，有，但是，没成大气候，没成高校一景；那时，没有“推特”，没有微博，没有开心网，没有人人网，没有眼下满世界刷屏的“微群同学会”和“晒晒我们的毕业照”。甚至，在当年，作为散漫成风的文科生，一张全班悉数到齐的毕业大合影都没留，就别指望我们会去租借学士袍学士帽，披袍扔帽做欢呼状了。

这样粗略地划拉了一下，自己倒先吃了一惊，小学，初中，高中，大学，每一个念书阶段，到底是如何终结的？记忆行至此处，每每“断片”。

颇为吊诡的是，年岁尚小的时候，却又分明有过一小段与“毕业生”三个字亲密接触的日子。那三个字，是一首歌的歌名。当年，我们曾用这首歌，搞过一次“集体创作”。

那会儿念初中。是一个夏天，是个联欢会性质的演出，演出的舞台，就搭在学校的大操场上。好几个同学“临危受命”，选歌，选人，练歌，编舞，排练，演出。但是，为什么要在那样一个炎热的夏天，排练那样一个节目？那是一个毕业联欢会吗？我们赶编的那段歌舞，是送给学哥学姐，还是送给我们自己？对不起，我得负责任地说，现在我真记不清了。

你会原谅我的，因为，这一切，是遥远的20世纪80年代中期的事。

就这样，在那个干劲十足的热情的夏天，第一次知晓《毕业生》。唱它的人，是张明敏。“蝉声中，那南风吹来，校园里，凤凰花又开。无限的离情充满心怀，心难舍，师恩深如海……”广州的夏天，很多人熟知的，自然是那著名的高温、湿热、暴雨、台风，但其实，蝉声、蛙鸣、南风、凤凰花、玉兰树……这样的美景也确确实实存在于那个城市的每一个角落，不夸张地说，那也是我们那座中学的校园实景。

一首歌，歌词里描述的景色，像自己生活的校园，歌词里的豪情、壮志，契合着那个年龄段认定自己无往不胜的少年的无知，喜欢它，就是理所当然的事了。当时，很多小孩手里都有几个大笔记本，喜欢的歌，会手抄到本本上，不单抄歌词，勤快的还一个音符不落地通篇抄写曲谱。

《毕业生》，自然也在我的私人歌本里。20多年过去，它的旋律，节拍，歌词中交错着的短句长句，张明敏那种抑扬顿挫的咬字，有关它们的一切，就像水龙头，拧开了，就全都回来了。

但是，事实上，我确实很多年不听不唱张明敏的这首《毕业生》。只是我说不清，究竟从哪一天起，不听它，不唱它。能笃定的是，除却初中那次已记不清是送学哥学姐还是送自己的演出外，此后每一个毕业季，从没再唱起属于我们自己的毕业歌。

当然，这并不是说从那以后我们远离了音乐，正相反，我的高中，我的大学，已经被罗大佑、李宗盛、齐秦、王杰、童安格、姜育恒、张镐哲、周治平、郑智化、邝美云、苏芮等无数个与音乐有关的名字填塞得满满当当，已经容不下一个张明敏。

我承认，在大学里，我没再唱起“琴声起，骊歌正悠扬”。但我们自有我们的骊歌——无数个闹腾的躁动的青春的夜晚，那些在走廊上水房里怒吼出来的“疑似摇滚”，那些关了灯点起蜡烛抱起吉他借着酒劲唱出来的情歌，那些冲着窗外小花园里亲密依偎的情侣发出的搞怪尖叫，那些有理由没理由想起来就冲楼下猛砸的啤酒瓶，那些酒瓶落地时的清脆声响，不是骊歌一曲，又是什么呢？

迷恋《毕业生》的初中时光，是小心灵塞满大理想的年纪，无知者无畏。距离那个年纪已经走过了20多年，现在，重新回看张明敏的《毕业生》，恍若隔世，“祝福声中，默默回忆，琴声起，骊歌正悠扬。莫犹豫，也莫再迟疑，好男儿，鹏程千万里……”突然，我明白了，为什么在那次夏天演出后，我会渐渐地不再想起去唱去听那首歌。因为，一切的一切，都不合时宜了。

没错，“还记得，那阳光遍地，也记得，寒风又苦雨，无论是快乐失意日子，最温暖，美好的友谊”。阳光遍地，寒风苦雨，快乐，失意，这一切，初中有，大学有，人近中年依旧有。只是，去记得它们，十来岁有十来岁的方式，20岁有20岁的方式，如今，有中年的方式。

好了，在不唱不听《毕业生》很多年后的现在，让我们一起听这首《毕业生》。前奏响起，你以为，你的听力发生了误差？我来告诉你，你没错，你听到的旋律，是《毕业生》，也是《斯卡布罗集市》（*Scarborough Fair*）。是呢，还没来得及告诉你，张明敏的《毕业生》，曲子正是这首《斯卡布罗集市》，那部著名的美国电影《毕业生》的主题歌。

所以，现在，你能明白了吧，为什么这么多年，为什么无论在哪里，我始终如一地热爱着一切版本的《斯卡布罗集市》，无论来自保罗·西蒙，还是来自莎拉·布莱曼，还是来自教皇合唱团的格里高利圣咏。对它们的爱，根源在此呢。所以，应该相信，世间总有一些无缘无故的喜欢，或爱，会从少年时的某个时刻起，奇妙延续，到青年，到中年，也许到老年，它只是可能换了个方式，换了副面容。

（发表于2011年7月5日）

在我没有意识到的《青春》

这真的不是一个适合听歌、说歌的日子。

这场大暴雨到来的两天前，在北欧挪威，近百个生命倒下，多数人的生命刻度永远止步于“14至18岁”。这场大暴雨到来的头天夜里，在一起列车追尾事故中，同胞伤亡惨重。

微博、电视，满屏的寻找事故失踪人员启事。那些失踪名单中，有的已被确认死亡，他们当中，有些是20岁上下的学生。网络平台上，人们接力转发的微博，附有逝者往日相片，青春身影，俏丽笑容，就这样被永远定格。一如这雾蒙蒙水淋淋的天，让人压抑。

突然想起歌手汪峰的那句歌词，“继续走，继续失去，在我没有意识到的青春”。

两三天之内，从挪威到中国，很多个年轻生命骤然失去，在他们没有意识到的青春里。

《青春》，是这个暴雨如注的悲伤周日，我勉强还能愿意去想的一首歌。

大概是在2008年或2009年，一个偶然，头一回留意到这首歌。那也是一个闷热的夏天黄昏。打开广播时，歌已经开了头，“我打算在黄昏的时候出发，搭一辆车去远方，今晚那儿有我友人的盛宴”。黄昏，出发，搭车，远方，友人的盛宴……一长串充满画面的字眼，一下叫醒了我的耳朵。

唱歌的声音，辨识度很高，高亢激越，很汪峰。在反复吟唱的副歌中，我猜测着歌名，试着拿“青春”二字上网“摆渡”，果然。《青春》为汪峰10多年前所写，2000年，由女歌手筠子演唱的《青春》，是当年中国原创歌曲排行榜第一、二季度金曲。汪峰版，�子版，两首《青春》，被我一并放在博客音乐库里。那个夏天，迷上《青春》。

随后的这几年，在好些个急着出门赶路会友的黄昏，一边准备出门，一边会很容易想起这些画面，“我打算在黄昏的时候出发……我急忙穿好衣服推门而出，迎面扑来的是街上闷热的欲望，我轻轻一跃跳进人的河里”。哼着唱着，会冲着镜子里的自己咧嘴一笑。歌里讲述的每一个动作，每一番场景，是我们人人做过、有过的，不是吗？

听腻了汪峰，有时会换着听筠子。最喜欢歌的收尾处，筠子突然爆发出的高音：“继续走，继续失去，在我没有意识到的青春。”如今，有多少人记得筠子呢？一个极个性的唱民谣的女声。迷上《青春》的那年夏天，有时会想，当年的筠子拥有过人才华与似锦前程，究竟失去了什么，才会在23岁的花样年华，决绝地停下了“继续走”？

唱着“这个世界什么都有，就像每个人都拥有”的筠子选择终结自己的生命，这是11年前轰动一时的事。其间飘浮着纷乱嘈杂的声音，印象至深的是，那位出自清华园的才情逼人的音乐人，因为曾为筠子写歌，因为曾是筠子男友，在那些日子，深陷舆论旋涡。其实，感情的事，怎分对错？就算死者为大，但活着的人就该从此为情所累负重一生吗？

在那个美丽女声已失去11年后的当下，在很远的北欧，在很近的浙江，突然离世的鲜花般生命，却是在没有意识的瞬间，青春停止了“继续走”。他们中很多人，也是在黄昏出发，去搭一辆车，去远方，也许也有友人的盛宴，就在远方或不远方，等待着他们。但在顷刻间，出门搭车去往远方的他们，再也回不了家。他们失去了他们拥有的，而这个什么都有的世界，则失去了他们。

那么，这个分分钟总有无辜生命失去的世界，能算“什么都有的世界”吗？

活着的我们，自然还会继续往前走。继续走，确实是一种继续失去，失去年轻、活力、美貌；失去激情，失去对爱的信任，失去爱人的能力和被爱的能力；失去轻易会流泪的天真，也失去轻易能流泪的幸福。

《青春》里，在简单旋律的陪衬下，是这一句浅吟低唱，“我心里什么都没有，就像没有痛苦”。每一次听到这儿，总像被人冷不丁抽了一鞭子，生疼。“心里什么都没有”，就是什么都有，就是最大化的有；“我心里什么都没有，就像没有痛苦”，其实是心里盛满“最大化的痛苦”。诚实地问问我自己，诚实地问问你自己，是不是这答案？反正，我是。

这个夏天的北京，雨水真的特别多。雨天与雨天之间，这座城市就又走进另一个极端，被密密实实地罩在一个溽热的笼子里，憋屈得人有些喘不上来气。此刻，如果想发泄，你可以考虑用力地吼吼这首《青春》。用力，是对《青春》最好的唱法。请用力咬字，咬清每一个发音，“我急忙穿好衣服推门而出，迎面扑来的是街上闷热的欲望。我轻轻一跃跳进人的河里。外面下起了小雨，雨滴轻飘飘的像我年轻的岁月……”

在潮湿闷热的夜晚，重新温习《青春》的全部歌词，突然，闪电划过，暴雨闯来。

（发表于2011年7月26日）

谢谢你带我去听《草帽歌》

8月上旬，日本电影《人证》里饰演焦尼并演唱主题曲《草帽歌》的演员兼歌手乔山中（本名山中明）病故。很多人在网上缅怀，我把配有乔山中《草帽歌》的《人证》电影视频放微博上，那几天被转发了数百遍。比较“古旧”的转发理由，来自导演贾樟柯，他写到“小时候跳太空柔姿舞时最爱用的歌”。有多少现如今的孩子知道“太空柔姿舞”？关于一首歌的记忆，最能暴露每个发言者的年龄。

那部拍摄于1977年的影坛经典，多年后重温，震撼依然：

靠着曾经是美国在日驻军的老父亲“碰瓷”得来的路费，千里寻亲来到日本的黑人青年焦尼被日本母亲八杉恭子拒绝。生命最后一刻，焦尼看着妈妈，呆呆地问：“妈妈，你为什么这么恨我？”他笑着，将妈妈捅向他的那一刀，用力再推深；八杉恭子将草帽扔向山谷，纵身一跳的那一刻，一路追捕她的刑警栋居双眼噙满泪水……“Mama, do you remember, the old straw hat you gave to me, I lost that hat long ago.（妈妈你是否还记得，你送我的那顶草帽，很久以前失落了。）”……旋律由幽怨转向凄厉，山涧中，草帽缓缓飘落。

因为原唱者的辞世，一首老歌得以复苏。这个8月，《草帽歌》看上去是这样。

如果乔山中还活着，现实更可能是，《草帽歌》大概不会被人们重新翻找出来。这并不是说，我们把它给忘了，更大的可能是，它被我们无意间随手塞在记忆仓库的某个角落。

毕竟，那是一部30多年前的外国电影，一首30多年前的电影歌曲。20世纪80年代初《人证》在中国公映，那时你多大？两三岁？十来岁？20岁？在当年，影片能看懂吗？到如今，故事情节记得多少？

有很多人在转发我微博的同时纷纷说：第一次听啊震撼哪！一直以为它是欧美歌曲……不用说，这定是80后、90后无疑。《人证》热遍中国的时候，他们不是刚呱呱坠地，就是还没出生。

有一些歌，必须转用英文歌词，我才记得住它。这样的歌其实没几首，但能第一时间脱口而出的，一定是《草帽歌》。“Yeah Mama， I wonder what happened to that old straw hat，falling down the mountain side out of my reach like your heart...”小时候最喜欢等着接下来的这句高音，“Suddenly that wind came up”，听着歌，回味着故事情节，难过着，也不懂着：八杉恭子干吗死活不认焦尼？

有过太多的中国歌手翻唱《草帽歌》，从成方圆、牟玄甫、刘欢到近年的张靓颖，但这些翻唱版本留给我的记忆一概模糊，脑子里总甩不掉的，还是乔山中原版里那股子凄厉伤心绝望的劲儿。《草帽歌》，几乎是从小到大所能听到的最好听的外国歌曲了。

也是在不久前，7 月中旬，日本电影《追捕》里一路追着杜丘不放的“矢村警长”，也离开了痴迷他多年的影迷。《追捕》里，矢村有句经典台词：“朝仓不是跳下去了吗？堂塔也跳了，所以请你也跳下去吧，你倒是跳啊？！你的腿怎么发抖了？”这句台词，随便走哪儿，有人说起来，就一定会有人笑了。这说的人和笑的人，一定是同代人，错不了。这位刚直不阿的“矢村警长”，现在我才知道，他叫原田芳雄，去世时 71 岁。

扳扳你的手指头，咱们一起数数：《人证》《追捕》《望乡》《啊，野麦岭》《伊豆的舞女》《生死恋》《砂器》《华丽的家族》……曾有那么一段日子——那段日子对一些人是青年是中年是老年——对我是幼年，那段日子里，有过很多的日本电影，惹我们哭，逗我们笑。

然而，儿时看的那些日本电影，现如今我是再也想不起来。幼年在外婆家度过，大家庭里，有外婆，有很多的阿姨和舅舅，有爸爸妈妈，有很多辈分名目我分辨不过来的家族长辈。关于那些老电影，我仅剩的记忆，就是各式各样的大人，牵着我的手，走进当年那些破旧的电影院，很便宜的票价，很破败的座椅，白白的大大的幕布上，那些同样是黑头发黑眼睛黄皮肤的人，穿着好生洋气的衣服，说着咱们的中国话（长大以后才知道那是一群叫作“配音演员”的中国人替他们在说话）。而事实上，那些电影的主题，何其严肃，一如大多数日本人秉性里的不苟言笑，当时还是小孩儿的我怎可能看懂？也就是长大以后，看电视上反复重播，才得以一点点去理解电影里要传达的一些残酷与严肃。

不过，当年经常带我看电影的长辈里，一定少不了我妈妈。而带我去看《人证》的大人，是我妈吗？我从没有问过她这个问题。只是，在过去好些年，每当电视上重播《人证》，妈妈总能在第一时间说出接下来的情节，说出人物名字，妈妈也很喜欢《草帽歌》。我想，在我看不懂《人证》的年纪，妈妈一定看得明白，一定看得很揪心。

这么多年，我其实不忍多听《草帽歌》，觉得太悲，不信，你听，“Mama， that old straw hat was the only one I really loved, but we lost it. No one could bring it back, like the life you gave me（妈妈，只有那草帽是我珍爱的无价之宝，但我们已经失去，没有人再能找到，就像是你给我的生命）”。是，每个人的生命都是妈妈给的，每个人来到这世界的日子，就是他妈妈的受难日。这个日子，我刚刚安静度过，那晚，我通过微博，对妈妈，这个陪我看过《人证》听过《草帽歌》的人，说：谢谢你，让我来到这个世界。

（发表于 2011 年 8 月 30 日）

《秋蝉》的世界里谢绝忧伤

某天中午，路过单位附近几幢写字楼，阵阵凉风吹过，风中不带一丝湿气。夏日里可没有这么干爽的风，总归是秋天了。北京最美的季节，说话间这就到。

那天写了一个微博，一位大学同学在转发时敲了一句"春走了夏也去秋意浓"，看到它，我乐了，又一个接头暗号，它只属于那些听过《秋蝉》的人。90后、00后的孩子们，有几个背诵得出"春走了夏也去秋意浓"？

关于秋天，有过太多美丽的歌曲，《秋蝉》是其中一首。"听我把春水叫寒，看我把绿野催黄，谁道秋霞一心愁，烟波林野意悠悠。花落红花落红，红了枫红了枫，展翅任翔双飞燕，我这薄衣过得残冬。总归是秋天，总归是秋天，春走了夏也去秋意浓。秋去冬来美景不再，莫教好春逝匆匆。"

歌名"秋蝉"，但整篇歌词里找不到一个"蝉"字。整首歌，就是一个迷你版童话故事，写的是一只秋蝉眼里的秋天。这只"秋蝉"，善观察，爱思考，懂生活。词曲作者李子恒怎就想得到，用拟人化手法，借用一只小小的蝉，写出秋天里的大世界呢？多么独到而又可爱的视角。配上简单的曲子，简单的吉他伴奏，《秋蝉》就是一篇娓娓道来的袖珍散文，各种浓郁的秋味，满满地全在里头。

《秋蝉》是刘文正在31年前唱红的一首歌。刘文正，如今十几岁的孩子应该完全不知道他是谁。他曾经是台湾最红的男歌手，是把"校园歌曲"发扬光大的第一人。在刘文正众多作品里，《秋蝉》不是最闻名的一首。我听到刘文正版本的《秋蝉》时，他已经远离歌坛远离媒体消失于世人视线之外很多年了。

我第一次听《秋蝉》，在20世纪80年代中后期，唱它的，是当年广州一对红极一时的男女二重唱搭档。歌手的名字，已全然想不起来。那时我十来岁，《秋蝉》给我留下的记忆，是简单，清新，好听，好学。听两三遍，就会唱，而且像初中一年级学会骑单车学会游泳一样，学了就从此忘不掉。后来很多年，随便在什么地方，随便看见什么秋色，就条件反射似的在脑子里跳出这些字："听我把春水叫寒，看我把绿野催黄……"

在《秋蝉》里，有春水，有绿野，有烟波，有林野，有落红，有红枫，有双飞燕，有一年四个季节春夏秋冬。《秋蝉》里，是一个色彩斑斓生机盎然的世界。

7年前的深秋，我曾经跟着车队穿越亚欧大陆。车队在辽阔苍凉的西伯利亚大地上狂奔。路两侧，时而是一望无垠的青草地，时而是茂密的杂树林区，灰白色树干的白桦，高高瘦瘦的小白杨，绿色的针叶松，红色的槭树，紫色的苜蓿花……深深浅浅的绿，恰到好处的白，画龙点睛的红，一派典型的北亚深秋景色。在我们这些过客以往的印象中，西伯利亚贫瘠神秘阴冷，但这番秋色，倒是像大自然刻意用尽天下最“炫”的色彩，帮我们荡涤掉初来乍到的陌生感。事实上，那年亲历的那一番北亚秋色，都能在《秋蝉》里寻觅得到。应该不再有什么机会重走西伯利亚了，但没关系，有《秋蝉》也够啦，在《秋蝉》的古风汉韵里回味遥远的北亚美景，一定也别有滋味。

很多年前，有一部电视剧叫作《北京深秋的故事》，对它印象深刻，不是故事而是剧名。我常把这话掉个个儿看，在我眼里，深秋的北京，最有故事。秋季无疑是北京最美的季节，在秋天的京城，到钓鱼台附近，看银杏树；绕着紫禁城外围墙，沿北长街，走到故宫神武门外的护城河边，秋天的夕阳，没准儿正在那边迎候你。秋天的北京，有着《秋蝉》里唱到的一切绚烂。

秋天是美丽的季节。秋天也是忧郁的季节。在秋天，总有一些人的情绪，会跟随着气温一点点走低，会因为阴霾天的渐多，从心底生发寒意，不由自主沦陷到由抑郁、沮丧、苦闷搅拌而成的“情绪沼泽地”里。因此，提及夏天，中国人说“苦夏”，提起秋天，中国人说“悲秋”。古往今来，关于秋天的诗词赋，大都美丽，却也哀愁，也忧伤。

而哀愁忧伤这桩事，对正常人来说，到一定时候，它就像杯烈酒，美丽，却难以承受。当历经足够量的事之后，人会一次比一次强烈地意识到，时间真切地一天一天在流逝，每个人的生命尽头，已并非那么遥不可及，你分明能远远地眺望到它的身影，甚至闻得到它渐行渐近的气息。你越来越懂得，悲秋，神伤，已经变成一种奢侈品。

到这个时候，来听《秋蝉》吧。这只“秋蝉”眼里的秋天，美丽，简单，直接，自然。它也有感慨，“秋去冬来美景不再，莫教好春逝匆匆”，但它不怨天尤人，它不是一只悲秋的蝉。学着做一只“秋蝉”，知道多多抬眼，看尽眼前这一派激情浓烈的秋色，那么，任何一个季节，任何一处地方，都能发现打动我们的景色，哪怕它是那样的微不足道。

（发表于2011年9月27日）

把自己的日子过成歌

用不着等到深秋，一入秋，各地的广播、电视就爱播一首很应季的歌，《爱在深秋》。“如果命里早注定分手，无须为我假意挽留，如果情是永恒不朽，怎会分手……”从有这首歌的1984年夏天开始，二三十年，得有多少人，听着这旋律这歌词，慢慢长大，快速变老。

《爱在深秋》，谭咏麟1984年第八张个人粤语专辑《爱的根源》中的一首。谭咏麟英文名Alan，粤语直译“阿伦”。《爱在深秋》《爱的根源》《水中花》

等，被歌迷视为“最具‘伦式情歌’味道”。其实，很多粤语歌是拿日韩歌曲填的词，《爱在深秋》也如此，但已经没有多少人记得它的曲来自韩国，却都知道，这是“阿伦”最好听的歌之一，可见歌词与歌者的魅力。

曾听过一些北方人将《爱在深秋》翻唱成普通话，别扭得能让人捶胸顿足。所以，你如果第一次听《爱在深秋》，首选粤语版吧。这就好比，你进了家粤菜酒楼，咱再想吃猪肉炖粉条也得先忍着，上来个烧鹅、烤乳猪才是硬道理。

虽是粤语，但歌词简洁，三言两语，没多少弯弯绕，写爱情，写失恋，写情伤，写追忆，历经爱情磨砺的你，别说看不懂。

第一次听《爱在深秋》，还是懵懂少年。以后那么多年，听到过、看见过会唱歌不会唱歌的、懂粤语不懂粤语的人，为之感动、落泪、沉醉、癫狂、当“麦霸”，因为它是《爱在深秋》。

比《爱在深秋》这首歌更有意思的，是唱歌的这个人。1950 年 8 月 23 日生人，掐指一算，这男人今年六十有一。但你还能在各式各样的舞台上，见到他活力四射的身影，彩色的染发，玩炫的眼镜，鲜艳的服饰，从20多岁到年过60永远古铜色的肤色，永远快节奏的语速。

如果你以为这个从服饰到言行“很老小孩”“很装嫩扮酷”的人，就是谭咏麟的全部，那你就大错特错。

他当年在港台两地参演的诸多影视剧不用去搜了，他当年得金马奖最佳男主角的电影也不用去看了，只去搜来由他出演的一些MV，就够。比如，还是这首《爱在深秋》，卷发，国字脸，高鼻梁，浓眉凤眼，白风衣，这是30多岁的谭咏麟。你看出这个白衣青年，有一天竟一头彩发、彩色眼镜、60岁的人蹦跶在舞台上唱狂野的《披着羊皮的狼》吗？

舞台上他光芒万丈，私人生活却低调处置，及至近年，才有大众知晓：啊，原来，他的婚恋生活，竟是这样的！演戏，唱歌，踢球，做慈善，带新人，有事业，有爱情，有天伦之乐……谭咏麟一天也不耽误自己。这个“狮子处女座”男人，把自己的日子过得如同他的歌，

他的歌，勇于尝鲜，活色生香。《爱在深秋》MV里，那个深情款款饱受情伤的白衣男子，是一个时期一个侧面的谭咏麟，但远不是全部的谭咏麟。

谭咏麟的歌迷，是不是也该学学？永远活在现实中，永远不忘做自己。《爱在深秋》，年少时听，还真容易陷入少年维特之烦恼；而现在，同样听这歌，面不改色"心照跳"，歌声飘进耳朵里没？老心灵受触动没？全随你当时当刻的心情。

一个秋日，去八宝山送别母校的一位老教授。前来送行的人群里，有不少闻名业界的老教授，他们被我们昵称为"老宝贝"，他们的年纪，90岁，86岁，83岁，80岁……一位老先生对我说，嘿，过不了多少年，你们也将见不到我们啦。说这话时，老先生笑着，神情淡定；我听着，偷偷伤感着。眼前这些老头，时光若能倒流，哪一个不曾是英俊少年，哪一个不曾是帅气小子？

谭咏麟，他从来笑称自己永远25岁。他曾经25岁，他现在61岁，他能把60岁的身材、相貌、嗓音一一维持在《爱在深秋》时期的模样，把心态打造成“永远25岁”的青春无畏，但总还有那一天，他还是要走到我的那些老教授的岁数，80岁，90岁……想到这儿，听《爱在深秋》已能不悲不伤的我，有了不足为外人道的小悲伤。

所有的老头都曾经是帅哥。所有的帅哥终将成为老头。好吧，就这样吧。但就算如此，永远25岁的“谭校长”，当他某天真正成了走不动道的老老头子时，他在我心里，也还是《爱在深秋》MV里的白衣青年。

（发表于2011年10月25日）

《领悟》：还有什么没参透

2011年11月11日，这日子连着6个“1”，有人说，“1”代表光棍一条，“1”代表孑然一身，于是这一天被打造成“世纪超级光棍节”，约会派对，相亲大会，光棍们不是四处寻人“脱光”——脱离光棍生涯，就是被哥们儿、闺蜜围着哄着上演拉郎配。这一天的黄昏，我独自在家听收音机，很快听到这首歌，《领悟》。歌手在痛彻心扉地唱，听歌的我，突然不合时宜地笑了。

这一天，满世界恨嫁恨娶的女人、男人表面风光，内心彷徨，要是耳边再传来这样的低吟轻唱："我只是怔怔望着你的脚步，给你我最后的祝福，这何尝不是一种领悟，让我把自己看清楚，虽然那无爱的痛苦，将日日夜夜，在我灵魂最深处……"那情状，岂不等同于伤口上撒盐，火炉上浇油？

最早听辛晓琪的歌，是10多年前和新疆朋友在KTV唱歌，朋友的太太唱了一首很好听的歌，《味道》。听的次数一多，晓得了唱它的歌手名叫辛晓琪。有一天听收音机，听到DJ念"辛晓琪"，赶紧开大音量，这次响起的，是这首《领悟》。只是，当年，歌里所有的"领悟"，全被我听成了"礼物"。这个错误持续了一段时间。某次电视上播这首歌，屏幕上打出歌词，这才知道，不是"礼物"是"领悟"。听《领悟》的次数多了，也渐渐知道，1994年，由李宗盛填词谱曲的这首歌，辛晓琪因之一曲成名，人称"疗伤歌手"。

但是，我得说，那些需要借助外力对自个儿感情伤口疗伤的人儿，可千万躲着《领悟》，能躲多远躲多远。

"被爱是奢侈的幸福，可惜你从来不在乎……啊！

多么痛的领悟，你曾是我的全部，只是我回首来时路的每一步，都走得好孤独。”哀怨的影子，在歌里时隐时现，如果你正处失恋，建议还是别听，那样一种情绪，相当不利于急需走出“情感沼泽地”的人们。记住，拿描述失恋的一切艺术作品治疗失恋之痛，真的足够愚蠢。

我最欣赏的片段，在歌里是这两句：“我们的爱若是错误，愿你我没有白白受苦。”没有白白受苦，这是一份爱能给我们这些爱过的人最大的一笔精神遗产。爱，在我看来，本无所谓对错，爱就爱了，怎么着吧，不过是一份当下越来越濒危的美丽情绪。可现实偏偏是这样：当爱突然走不下去时，爱的当事人，你和对方，或者还有外界，也许出于恐惧，也许急于推脱，会迅速莫名地给它套上“错误”的罪名——爱错了人，爱错了时间，爱错了方式……总之，爱的当事人，在爱面前，很少说“我错了”，而总说“咱这份爱错了”。

好吧，大爱无语，让爱永远扮演那只沉默的羔羊好了。但是，爱的当事人曾经为爱受苦的过往，能因此不曾存在吗？不会。为爱受苦的过往，始终在那儿，不多一分，不少一厘。所以，我是这么想的，那些不愿或不懂认错的人，如果有一天学会向当初那份爱认真说出“错的是我，不是爱”，他或她才真是没有白白受过那份苦。

唱过《领悟》的歌手，我印象较深的有三人：辛晓琪，李宗盛，周华健。几个版本听下来，辛晓琪过于小女人；周华健，风过耳；李宗盛更洒脱，有笑看风云破的淡定。对我这番听后感，一个朋友接过话头：因为辛晓琪版尚处领悟中，太伤；周华健尚未领悟，太装；李宗盛算是悟透了，才洒脱淡定。

翻翻他们的情史，真是这样。辛晓琪版的《领悟》，凄然，纠结，她把自己全部投放到歌里。李宗盛把《领悟》交给辛晓琪时，已经是她那段十年恋情结束的两年后，但一切于她依旧刻骨铭心，拍《领悟》MV 时，辛晓琪多次唱到泪流满面，这一切都被导演抢拍下来。如今，在有辛晓琪出镜的那个 MV 里，她痛哭着吟唱的画面，正是当年她最真实的内心流露。来看看周华健，情路单纯，感情顺利。周华健版的《领悟》，有他一贯的好音色，但听不出情伤，听不到来自内心最深处的痛心疾首。再看看李宗盛，音乐才子，圈内大哥，乐坛教父级人物，从朱卫茵到林忆莲，两度离婚，风风雨雨，当爱已成往事，对宗盛大哥来说，还有什么没参透？他一笑已经风云过。

一首好歌，就像一面镜子，照得出每个唱它的人。

因《领悟》而成名的辛晓琪要来北京开演唱会了，当初听到这消息时，我确实有买票去现场的冲动，但很快就放弃了这念头。因为，我突然领悟到，当《领悟》唱起时，演唱会现场必将是千人大合唱。但是，最好的《领悟》，其实只需要一个人安静体味就好。《领悟》里的一切，当你一个人，你才能够领悟。

（发表于 2011 年 11 月 15 日）

《北京的冬天》你在思念谁

五六级大风猛刮，阳光炽烈刺眼，空气干燥，几个手指头裂出小口子，敲击键盘的一瞬，有阵阵短促的刺痛。这是 11 月下旬的一天，心情大好，敲微博：阳光明媚，北风呼啸，典型的北京冬天。又想听老狼的《北京的冬天》了。很快有人跟帖：可是没有“飘着白雪”呀。

不用说，这一定是对《北京的冬天》歌词滚瓜烂熟的主儿。老狼在那歌里唱的，确是“北京的冬天，飘着白雪”。

飘着白雪的北京，曾是我年少时的向往。当年，放弃保送上大学，执意报考京城高校，诸多动机中有两个，至今一被爸妈提起，都惹得旁人嘎嘎爆笑——想来北京看雪；想天天吃热气腾腾松软可口的大白馒头。

广东冬天阴冷潮湿，除却粤北地区会下雪，大多数地方的人假如一辈子不挪窝，就想不出雪花长啥样。你如果是见惯北风那个吹、雪花那个飘的北方人，你就很难相信，对雪花、对下雪的那分好奇，给一个生在南方长在南方的孩子执意离家北上，带来了多大动力。

有一个人的微博，这样写第一次见到雪的南方人："第一次来北京在学校里赶上一场大雪，操场上全是疯狂痴傻的南方同学，尖叫奔跑的是湖南女生，傻笑的是江浙女生，趴地下打滚的是湖北男生，打雪仗打情骂俏的是福建男女生，在背人处偷偷舔雪的是海南男生。东北、西北的同学冷笑。成都女生打伞出门被嘲讽至今。"

看到这个微博我笑翻了。我没来自海南，还不至于偷偷舔雪去。记得第一次在北京看到雪，我发愣，傻笑，内心是满满的满足——我终于在北京了，我终于看到雪了。

年少无知时的好奇，随着北方生活的日日月月年年，已经得到超额的答案。我开始恐惧在冰雪地走路，雪后的交通让我起急，慢慢地，失去了对雪花的那分期待，如同我早厌倦了南方那没完没了的雨，我愈加珍惜那种有着灿烂阳光的晴朗冬日。

刮得人东歪西倒、刀子般刺骨的风，南方冬天里难得一见的足量阳光，满地落叶草木萧条；嘴唇发干，擦多少面霜照样紧绷绷的面颊，手指头、脚趾头排着队似的裂着小口子，一天10升水喝着人还口渴，湿衣服晾几小时里外干透……这是北京的冬天。

所以，当"北京的冬天，嘴唇变得干裂的时候，有人开始忧愁"这样的歌词，在几年前的某个时刻与我的耳朵邂逅，我就被它俘虏了。

网上有关《北京的冬天》的视频很多，但反复搜寻始终找不到这样的版本——视频画面配有北京风情风景。这让我备感沮丧。总觉得，听《北京的冬天》，得在这样一些地方：故宫角楼外的护城河，北海公园结冰的湖面，五四大街，东四，隆福寺……裹着军大衣，举着糖葫芦，路边还有卖爆肚的老大爷，来一碗刚出锅的爆肚，趁着热气哧溜哧溜地吃。说不出为什么得这样，但这真是一想到冬天的北京，我脑子里总有的一个画面。

1992 年冬天一个刮着五六级风的大冷天，我和男朋友确确实实在北京复兴商业城门口乌泱乌泱的人群里，排队买一位摆摊老大爷的爆肚。那时候还允许在商场门口摆摊，爆肚 5 元一碗，一碗吃下，全身都暖了。这么多年过去，每次有人聊爆肚，我总想起当年冬天里的那一碗，百叶咬起来咯吱咯吱的脆嫩声，总觉得还在舌尖呢。

如今，北京的商场门口早就不见“卖爆肚的老大爷”了，我也有意远离着各种人群拥挤的地方。偶尔裹挟在行色匆匆的人潮里，为打起精神，会在心里不出声哼歌儿，冬天，我会哼《北京的冬天》，“拥挤着的人们，里面有让我伤心的姑娘，匆匆走过的时候，不能发现你的面容，就在路上，幻想我们的重逢”。当然对我来说，拥挤着的人们里，重要的不是姑娘而是有没有那小伙儿。只是，在潮汐般的人流车流中深一脚浅一脚赶路，到现在我也没来得及想清楚呢，倘若跟那小伙儿重逢，我又该作何打算。

很多个春节都是在北京过的。春节的北京，热闹的地方超级热闹，比如那些个庙会。让人满意的是，有太多的人比赛着走出了这座城市，反倒给我这样的人留下了一个比平日安静且清闲得多的北京。“飘雪的黑夜，是寂寞的人的天堂。独自在街上，躲避着节日里欢乐的地方”，每次听到这几句，我就想，词曲作者郁冬一定是在节日深夜宽阔无人的北京大街上，脚下四处寻着小石子，踢着玩，溜达着，想出了《北京的冬天》。

每次下雪，人们总说，雪花飘落的时候，世界安静下来了。对越来越忙的现代人来说，也只有世界安静下来，才想得起来世间还有思念这回事。当你听完老狼在歌中的这句发问——“远方的城市里，是否有个人和我一样，站在窗前，幻想对方的世界”，在下一次白雪飘落北京城的时候，你不妨也试试站在窗前，问问自己：在北京，在你所在的城市里，在这世界的某一个远方，有没有这样的一个人。

（发表于2011年12月13日）

我是否曾在北海“荡起双桨”

北京2012年的第一场雪，比以往来得更早一些。在很多人的睡梦中，今年北京的头场雪，7日凌晨时分悄悄来了。雪不大，只够给灰黑色的道路田地覆盖上浅浅一层白，却足够让人意识到，一年的最冷时候，就现在了。那天看电视，说好多人冒雪奔往北海什刹海紫竹院等一切有冰面的地方要雪溜冰，我就在想，要是我也能闲着，我挑的第一个遛弯处，也一定是北海公园。

已经过去的2011兔年春节，宅了8天后，我迈出家门的第一个“放风”点，是北海公园。时值暮冬，寒意彻骨，比“春寒料峭”还再冷上一个层次。那天，北海上空，阴霾欲雪。迎着扑面寒风，绕着冰层覆盖的北海，我步行了整一圈，低声哼着“海面倒映着美丽的白塔，四周环绕着绿树红墙……”

是啊，有谁不知道这歌——《让我们荡起双桨》。遛弯的那天，北海湖面结着厚厚一层冰，荡起双桨是不可能了，但看着北海，真想大声地痛快地唱这首歌。

第一次到北海公园，也是在一个冬日。18岁，大学同学结伴而去。那年冬天的北海，犹如当年我眼中的北京：满眼的灰不灰白不白乌蒙蒙——这是眼睛的感受；干燥，干冷——这是皮肤的感受。好奇怪，我一下子喜欢上这么一个看上去哪儿都冷冷的北海。此后，每当有逛老北京城这类奇怪念想，最先想到的，总缺不了北海。

事实上，我第一次听到“北海公园”这四个字，得从18岁往回倒拨个七年八载。已记不得那是小学五年级还是初一二年级的音乐课，却仍记得，当年的音乐课本，薄薄的，音乐课每周一节至多两节，如今不分场合只要一听到就能在一瞬间兴奋起来的那些歌，就来自那几册薄薄的音乐课本：《少年少年祖国的春天》《我们的田野》《春天在哪里》《娃哈哈》《牧歌》《听妈妈讲那过去的事情》《让我们荡起双桨》……老师的琴声响起，“让我们荡起双桨，小船儿推开波浪……”歌声在那一瞬间冲出教室窗口，在校园里飘很远。那时，大人们说，《让我们荡起双桨》是新中国第一部儿童电影《祖国的花朵》的插曲，电影里，北京的小学生在湖面上划船，笑着，唱着，那片湖，叫北海。

后来我读了有关《让我们荡起双桨》和《祖国的花朵》的回忆文字，发现，关于影片里孩子们泛舟之处，出现两种说法，一说泛舟北海，一说荡舟颐和园昆明湖。历史是人史，出现版本不同的记载不足为怪，不同的记载，有时反倒更让人咂摸出历史的那份真性情真趣味。但是，正如一个人小时爱吃的东西必然成为其一生认定的美食，小时因为一首歌而记住一个公园的名字叫“北海”，此后无论遭遇多少块橡皮擦多少瓶涂改液，都已无法将这个记忆涂改成“颐和园”。

一个从歌声里认识了北海公园的10岁孩子，在她的想象里，那是个充满笑声的地方，一定离每一个北京小朋友的家都很近——“做完了一天的功课，我们来尽情欢乐……”不离家近，怎可能一做完作业就荡舟湖面呢？我自以为是地这样想。

在这些充满羡慕嫉妒恨的胡思乱想里，我那时也游耍在广州城很多个有湖有船的公园里。比起北京，广州不缺水，且不说穿城而过的珠江，就说有湖的公园数目，广州不输北京。可即便荡舟于著名的广州越秀湖、流花湖，又如何？人家北京小朋友荡舟北海，那可是被写进了歌曲拍成了电影的，每一句歌词都是一幅画面，每一幅画面都镶着夕阳的金边，披着炫目的光环。

如今我深刻怀疑，当年我唱着“红领巾迎着太阳，阳光洒在海面上，水中鱼儿望着我们，悄悄地听我们愉快歌唱”的时候，是不是心里已埋下一颗种子——要到北海来，像电影里的“红领巾们”一样，划着船儿唱着歌。而现实却是，时至今日，我还是不敢确定，在北京二十几年，我是否曾在北海荡起双桨。小时候的种种梦想，在青壮年时候多会变得无足轻重，这就是长大的悲哀。

这些年，属于我的同龄人、我的父辈这几代人的儿歌，还会在某些场合响起，它们有的还在顽强流传，但更多的是失传。我不清楚，如今的小朋友，每周还有没有像我们当年那样的音乐课，有没有当年那样薄薄的音乐课本，课本里还有没有《牧歌》《娃哈哈》《我们的田野》《少年少年祖国的春天》《让我们荡起双桨》……我却分明觉着，似乎也没有多少小朋友会为他们这代人还唱不唱《让我们荡起双桨》着急或者欢喜，他们拥有很多，要做的也很多，看上去他们什么也不缺。只是，如果没了薄薄的音乐课本，没了那些视听练习、视唱练习，没了那些儿歌，没了关于“荡起双桨”的胡思乱想，什么也不缺的他们，似乎要比当年傻傻的我们少了一种回忆，而有这个回忆，其实也是一种幸福。

（发表于 2012 年 1 月 10 日）

光阴的眼中承诺是什么

2 月 14 日是西方情人节，这个日子的前后，满世界是“情人节搭台，商家唱戏”的热闹。当然，也有那么一些人，确实乐意借情人节忙不迭地寻找感情、培育感情、加温感情、重拾感情。这么说来，这时候我该找个情歌写一写？可我这么想，只在情人节才想得起去呼叫的爱情，不是很像爱情。情人节，确实会让我们或清晰或模糊地想起爱情这两个字，但爱情是什么？爱情还在我们身边游荡吗？这不是一时半会儿说得清楚的。

然而，绚烂之极归于平淡，最复杂的事，往往也可能有最简单的表述，爱情，其实说到底就是一个诺言，而最紧要的是，彼此有爱的人，最是没必要把这个诺言天天挂在嘴边，它只应该是一个无声的诺言。

“无声的诺言”，其实也是18年前面世的一首歌的名字。还记得120集电视情景剧《我爱我家》吗？那部戏，有40集的片尾曲就是《为一句无声的诺言》，歌有两个原唱版本，女声版毛阿敏，男声版章鹏。

120集《我爱我家》，18年来，反反复复，断断续续，看了多少遍多少集？没数。它被央视和许多家地方卫视反复播放，随便在哪个时段遇上，情绪都会在一秒钟内被它带入，迅速跟进，跟着它微笑大笑爆笑，不必计较它上集说过什么下集将怎么演，接地气的快乐原本就不分上下集。

《为一句无声的诺言》，旋律传递出的情绪，是一种从容优雅的深情，与之珠联璧合的是歌词，每句凝练如格言，又绝非空洞大话，而是最朴素的口语化表达。

最早看《我爱我家》，20岁出头，那个年纪，对歌词并不特别留心。但你听或不听，歌就在那里，历久弥新,而听歌的你,岁月在你身上在你心里雕刻了18年,同样的歌词,18年后听出的,就一定不是年轻时的味道。年轻时，就算你美貌如花，就算身边护花者众，那又算得了什么！重要的是，时过境迁，还有没有人“当你累了倦了或是寂寞难言，总是全心全意地出现在你面前”。如果有，这才是有质量有分量的爱情。

事实上，在我看来，《为一句无声的诺言》并不是一个情歌，歌里讲的，不是狭义的爱情，而是一种情感——爱情，亲情，友情，第四种感情……我是说，如果这首歌让你入迷让你感动，OK，它说的，就是你心里明了的那种情感，你怎么理解它都是对的。每个人都从歌里听出了一段自己的故事，这才是这首歌18年来感人至深的原因。

因为温习《为一句无声的诺言》，顺带也把出自《我爱我家》的近10首歌的视频一一重温，看着一帧帧画面，才想起，总编剧梁左、“傅明同志”文兴宇、友情参演的导演英若诚及老戏骨李丁、歌手陈琳……很多个在《我爱我家》里用文字用角色用歌声给人们带来欢乐感动的人，离开我们已有一些年头。好歌就是这样——好歌会让你顺藤摸瓜地翻找出很多跟它有关的人和事，你以为已经忘了那些人那些事，可在旋律再起时，所有记忆，会自动地跑回来。

我听着《为一句无声的诺言》，写着这些字的时候，另一个给我们带来过不灭记忆的人，流行乐坛天后惠特尼·休斯顿，猝然离世。听到消息时，我有点悚然，因为那个时刻我正听到《为一句无声的诺言》里的这几句："光阴的眼中，你我只是一段插曲，当明天成为昨天，昨天成为记忆的片段，内心的平安那才是永远。"设若20年前惠特尼牵手的不是"坏小子""瘾君子"鲍比·布朗，天后就不一定结伴毒品，她的人生或不会如此之快画上了休止符。所以啊，即便爱情貌似来临，你也真得想想，"当你热情迸发或是痛苦难言，谁的诺言会真的实现在你身边"，选对了这个"谁"，有时真是决定了你的人生，对平凡人如此，对一代天后也如此。

当然了，事物总在不断的发展变化中，世界就是这样。“快乐的内容每天都在变换，人心在飞转，谁能让你我停留”，既然在光阴的眼中你我只是插曲，那就想开点儿，对权钱如此，对爱恨也如此，因为每个生命过程说到底也不过如此——“当相逢成为再见，再见成为遥远的思念，泪水与笑脸都不是永远”。

所以，情人节的喧闹不必属于你，只想想自己给出过什么诺言，收到过什么诺言，把自己给出的和收到的，都化作行动，沉默地放入每一个普通的日子里就够。要知道，大爱无语，誓言无声。

（发表于2012年2月14日）

跟着许巍的《时光》跑

狂风呼啸、瞬间风力达八九级的星期五过后，京城连续迎来两个大晴天，碧空如洗，阳光热辣，北京的春天到了。这样的好天，如果有时间开车出去兜兜风，得多美啊，把天窗打开，踩下油门，来首什么歌听呢？许巍的《时光》好啦。

歌手许巍向来低调，但在前些年，有很长一段日子，他的歌突然红遍大江南北，那段时间，走哪儿都有许巍。KTV 里，总有人扯着脖子吼着嚎着他的《蓝莲花》，那确实是很牛的一首歌，不过并非我的最爱。我特地跑了趟书店，买了许巍的正版CD，是冲着他的另外两首歌，《天鹅之旅》和《时光》。那盘CD的名字，是《时光·漫步》。

《天鹅之旅》，后来在某一年被我写成《踏歌行》栏目的第一篇。而《时光》，在过去的七八年里，它曾经是我的手机彩铃，是我对那些打通我手机的人的第一声“问候”。

歌听多了，你会发现，歌曲彼此间也存在着“城乡差距”。有的歌，田野气息浓郁，比如《赤足走在田埂上》《垄上行》《乡间小路》什么的；而有的歌，典型的大都市“范儿”，譬如《时光》。前奏一起，一种我称之为“呼啸感”的气势，呼啦啦地向我疾奔，气势恢宏像地铁进站，像动车提速，像飞机腾空。这股强势裹挟了我，把我带到十字街头，看远处，高楼大厦鳞次栉比，看身边，车来车往人流如织。

许巍的CD到手后，有一段日子，我的车里音乐，只有许巍。下班晚高峰，路上车流滚滚，车走走停停，烦啊，百爪挠心。这时，将许巍的歌声可劲儿地放出来。“在阳光温暖的春天，走在这城市的人群中，在不知不觉的一瞬间，又想起你……”音量放大的那一瞬，堵车的郁闷迅速稀释，好多人好多事从记忆的各个角落里苏醒，奔跑过来。“你是记忆中最美的春天”，我意识到眼角有泪。

是，此刻我又想起你，但这个你，不是你。从来认为，许巍歌里的“又想起你”，有很大的理解空间。这个“你”，可以是曾经的心上人，可以是挚友，亦可以是亲人，曾经予这个想念着的人以深刻记忆的他或她，就是这个“你”。

一个人的经历，其实也有着“春夏秋冬”。生命匆匆几十载，每个人一定都有过一个春天——那个春天，长可几年、几十年，短可几月、几天、一天甚至只是几小时，在那段时间里，人经历了他一生中的最美好，这就是他的春天。

曾经鲜花般让人心动的你，走在这城市的人群中我突然想起。想起时，许巍写得很从容，但在我看，想起时，心已经痛了——因为“是我难以再回去的昨天”。让人激赏的，是心痛时，他还保有那样一份气度——“你的笑容依然如晚霞般，在川流不息的时光中，神采飞扬”。

许巍的歌，最适合在路上听。某年跟一个车队连日奔驰在滂沱大雨中，行程无聊，有人往CD机里塞进一盘车队统一刻录给大伙儿解闷的光盘，竟然一水儿的许巍，从《天鹅之旅》到《时光》。再一聊，同车四人，三个许巍迷。

好的歌，光听着，就让你脑海中一瞬间浮现各种各样的画面。《时光》勾勒出的画面，可以用这样一些关键词表述：穿行，疾走，奔跑……我已经很久很久不去人多的地方了，在人多的地方，我常常有很深的惶恐。但如果非逼我在最人多杂乱的某个地方罚站，我会选择哪里？对此我认真想过了，我可能会选择北京东三环的国贸桥。那时，允许我带上砖头式收录机最好，不行的话，我一定头戴耳机，耳机里传来《时光》，站在国贸桥下那偌大的交叉路口，傻傻地看一拨儿接一拨儿急慌慌过马路各奔前方的红男绿女。

家乐福、沃尔玛这些大超市里，此起彼伏的叫卖声通过小喇叭折磨着咱们的耳朵，每次备受折磨的我总突发奇想：为什么允许超市用喇叭叫卖，却不在室外放一点音乐？让这个城市的上空有音符飘荡，不也挺好玩吗？如果允许在最乱的十字路口设置背景音乐，我想，《时光》最合适，它实在太搭这座城市了，永远给人们一种呼啸感、压迫感。在急匆匆的《时光》里，人们自觉加快步伐，乃至于按捺不住小跑起来，路口的人车通过率，势必大幅提高，信不？

刚刚过去的星期天，一些校友成立了一个俱乐部，名字有趣，“东二环”。我有事没去，但绝对可以想见现场的激动，一定还少不了百感交集的泪水。在不再年轻的年龄里，聚在一起，只因为这些人曾经前后脚地在同一个教室里上课，同一片树荫下走过，同一个食堂里排队，同一个校园里恋爱及失恋……然后，在川流不息的时光中，他们一边变老，一边神采飞扬。

我突然有了一个奇怪的念头，未来的某一天，我们这些同学，可以考虑就在北京的东二环集结，身边放着许巍的《时光》，集合，列队，点名，稍息，立正，“起步，跑！”

（发表于2012年3月27日）

与《无奈》一见钟情

63 岁的徐小凤将要来京开个人演唱会，听到这消息的那一刻，神经噌地一下兴奋了。其实，这几年，我喜欢的那批老歌手来北京开演唱会早不是新闻，只是我已经多年不去现场凑那个热闹了。在犹豫买不买票的当口，我的朋友一锤定音：徐小凤，票再贵，也得看。

对粤语地区以外的大多数人来说，徐小凤，可能是这十来年才逐步熟悉起来的一个名字，甚至有些人知不知道她，都难说。做个“倒金字塔”的解释你就明白了：在香港乐坛，所谓“四大天王”，张学友、刘德华、黎明、郭富城；他们四位的前辈，是谭咏麟、张国荣、梅艳芳；而谭咏麟、张国荣、梅艳芳的前辈，是徐小凤。江湖辈分，就是这么个辈分。出道46年，徐小凤是开演唱会最多的香港歌手，171场。1992年在香港红磡体育馆连唱43场，纪录至今无人能破。说到这儿，你大概已想起那个低沉磁性的声线了。你说，知道了，《流氓大亨》，1986年香港无线TVB大片，唱主题歌《城市足印》《婚纱背后》的，是她；你说，知道了，《不了情》《风的季节》《每一步》《顺流逆流》，你甚至还说得出《流下眼泪前》，说得出《随想曲》……你都对。

但你能想起徐小凤的《无奈》吗？

记不清是1987年还是1988年，有一次我哥哥拿回来四五盒磁带，都是徐小凤，几盘磁带被我们全家翻来覆去地听，《无奈》和《随想曲》，给我印象最深。很多很多年以后，我在北京听了她的1987年22场演唱会的录音，才知道，原来，我喜欢上《无奈》的时候，它已经红了6年，而当年哥哥带回家的那些磁带，可能正是1987年演唱会的“枪版”。

人与人有一见钟情之说，人与歌，也有。我与《无奈》就是如此。徐小凤屹立歌坛近半个世纪，唱过的歌没成千也有数百，但无论她多少金曲获奖，多少新歌大红，我钟情的，还是20世纪80年代的那些老歌，包括《无奈》。

“我本想跟你淡然退，无奈此去不易。看着我一脸茫然与眼中困惑，你不忍转身去。毋让往日情来留住你，唯愿可克制自己，相看却不语可知道，全为舍不得你。这一刻跟你默然对，谁又知心里淌泪，你问我怎么不语，我说因太累，这本非真心意……”《无奈》，如诗如画，有细节有画面，有伤痛有隐忍，还有一分笑看风云破的从容。在《无奈》里，人人能体会到自己的那番无奈。著名词作家郑国江写于1981年的词，如今读来，文字之凝练，意境之隽永，未曾蒙尘褪色。而31年后的今天，一些所谓新歌劲曲的词与曲，不是凉白开般平淡，就是冰激凌般甜腻，这真是所有爱歌人的无奈。

我在北京生活的这23个年头，正赶上徐小凤淡出歌坛的20年。每次K歌，为着场面热闹，我从不点徐小凤的歌，70年代，80年代，90年代初……她的歌之于时下的年轻人太过遥远，又多数是粤语，这年头，几人能记得住一个在很多年以前用他们听不懂的语言去唱歌的女子？

K歌次数多了，也常有朋友对我说：你唱歌的声音，像徐小凤，像蔡琴。然后，他们抓起歌本：来首《心恋》吧！《心恋》，徐小凤带它上了1989年央视春晚，于是全国人民知道了它，于是全国人民从此以为，《心恋》等于徐小凤。可在我看来，《心恋》，它很搭大街小巷，但它不搭徐小凤。好吧，让你们以为去吧，我沉默，我不接话，我不唱《心恋》，这就是我的立场。

也曾执着地在不同城市不同个KTV的歌本里寻找《无奈》，很无奈，从来没有找到。每次碰到有人说我也喜欢徐小凤啊，我会脱口而出：对啊对啊，《随想曲》和《无奈》百听不厌啊……随即我就无奈地看到，对面的人那一脸的茫然。

“一首好的歌，可以把它固定在录音带上、唱片上，永远不变，但一个人、一份情，又岂能如此简单，永恒而不变？”这是徐小凤说过的话。话语简单，道理很对。对一个人用情深了，爱念多了，计较也就来了。情的最完整版本，只在各自内心，一旦说出，绝对会走了形变了味。爱一个人固然如此，爱一首歌如此，爱一个歌手也一样。所以，一直以来，对那些爱得太深的歌者，比如谭咏麟、张国荣，比如罗大佑、李宗盛，比如徐小凤、苏芮，能不写的都躲着，因为写不好，所以写不得。

也因此，我说不好，在我的个人史，《无奈》意味着什么，徐小凤意味着什么。我的童年、少年、青年，她的歌一直断续地存在着。有变化的是，我的童年与少年，听不懂《无奈》，我的青年与中年，听懂了《无奈》。而徐小凤之于我，是不是堪比罗大佑、李宗盛、苏芮？她的歌是否雕琢过我的人生观？坦白说，这些可以有，但这些还真没有。

但在一个爱歌的女子的眼里，一个唱歌的女子，在舞台上，在歌声里，在生活中，那份淡定从容，那份优雅大度，就已由不得人不时时仰视。在我还是十来岁小姑娘的时候，听她，心存仰视；人将中年，听她，依旧会心生敬意。大女人，真女人，大概就是徐小凤这个样子的吧。

（发表于2012年5月8日）

那些《闪亮的日子》其实叫年轻

每年初夏，很多个校园，会上演着各式各样的别离故事。

总有一些我相熟的小朋友，在这些日子里，急急慌逃离学校，急慌慌各奔前路，从此万劫不复地成为职场上无数“新鲜人”中渺小的一员，就跟我当年一个样。跟他们闲聊，我劝：别着急办毕业手续，别着急到单位报到，食堂寝室图书馆自习室小树林，多走走多看看，以后你想赖在那儿都没戏。那种叫作“工作着”的日子，以后你有大把时间过它，可校园里的日子不能重来。所以啊，继续泡学校里，能多泡会儿就多泡会儿。

跟他们苦口婆心聊这些的时候，心里头，我对他们，除了羡慕，还是羡慕。

毕业季，电台里的点歌节目会很应景地放一些与“年轻”“梦想”“岁月”诸如此类关键词千丝万缕缠绕着的歌曲。而其中总少不了这首《闪亮的日子》。几天前我又在广播里听到了它，可惜是孟庭苇的翻唱，我并不认为她唱得好。去年也是在夏天，电台里放的这首歌，是刘文正版本。当然，更多人熟悉的版本，来自罗大佑，《闪亮的日子》的词曲作者。

“我来唱一首歌，古老的那首歌。我轻轻地唱，你慢慢地和。是否你还记得，过去的梦想，那充满希望灿烂的岁月。你我为了理想，历尽了艰苦，我们曾经哭泣，也曾共同欢笑。但愿你会记得，永远地记着，我们曾经拥有闪亮的日子。”歌的旋律恬淡，节拍从容，词句精短，属于听一遍能学会的那类歌。在今天，我完全不记得我是在哪年哪月第一次听到它，但能肯定的是，几乎从那时起，这个歌就能随时从心里某个角落钻出来。

第一次听《闪亮的日子》，是罗大佑的演唱版本。那是一张罗大佑情歌专辑，收有他1974年至1981年部分作品，出品年份是1989年12月。很多人跟我一样，喜欢罗大佑，喜欢《闪亮的日子》，不过，不是所有人都清楚，这首《闪亮的日子》的“出生”，远早于1989年。

这是一首距今将近40年的歌。1976年，走上音乐道路才4年的罗大佑给电影《闪亮的日子》写歌。1977年，歌曲《闪亮的日子》正式发表。那部刘文正主演的同名电影只上演了4天，可由刘文正演唱的电影主题歌《闪亮的日子》却从此流传。1991年，39岁的刘文正彻底退出大众视线，此后21年，知道罗大佑的人越来越多，知道刘文正的人却越来越少。连我这种在童年就听过大陆翻录的刘文正专辑的人，也是在30岁后的某年，才听到刘文正版的《闪亮的日子》。刘文正、罗大佑，两位歌者，同一首歌，各有各的精彩，一如他们各自的现实人生。

《闪亮的日子》里，没有校园、学业、友谊、前路——

哪怕只一个字——都没有。但这么多年，一拨拨听歌的人——无论是电台音乐DJ，收音机旁、电视机前单纯听歌的我们，还是每年初夏忙碌着毕业联谊节目的学生，却有事实上的一种默契，就是共同把它当作了某种意义的毕业歌。但细想一下，跨越代际的这份默契也并非没有道理。这首歌面世前4年的1972年，罗大佑还只是学生乐队里的一名键盘手，他的音乐道路就是从那支学生乐队起步。学生气质，校园情怀，对青春的留恋，多多少少会生长在他的作品里，成为一种精神。而这种精神，“我们曾经哭泣，也曾共同欢笑”的人，最懂得。

几天前一个即将毕业的小姑娘跟我说，她发现当下大学生没毕业歌可唱了，她的话让我一下想起了《闪亮的日子》。我的那些即将奔赴职场路的小朋友，此刻手里还拽得住的，正是一些已经远离我以及我的父兄一辈的好时光：比起我们，眼下的他们或许无房无车，他们此刻的寝室一如我们当年那般拥挤脏乱，他们此刻的出行一如我们当年那般靠公交地铁，但他们心里还藏着各种梦想，他们有任何人都难以预测的各种未来。此刻他们身处的，只有当他们一年年成长，变得跟我以及我的父兄一辈那样甘于平庸甘于认输之后，才看得清：那，真是一段闪亮的日子。

说来，离开校园已经十好几年了。这十几个春夏秋冬的滋味，远远不是歌里任何一个词语能够捕捉得准的。但是，对于听着罗大佑的歌一路走来的我们这代人，《闪亮的日子》总有那么一股子魔力，以至于我总忍不住会在很多个跟毕业季半毛钱关系都没有的普通日子里，翻出这首歌，凝神聆听，轻声跟唱。一个中年人，不再年轻，不再做梦，不再向往所谓的灿烂，不再与所谓的成功死磕，听那样一些歌词在你耳边萦绕——歌里唱“希望”唱“灿烂”，一路听，一路就会有各种说不清道不明的小折磨小痛苦向你奔袭而来，歌声里，你越发明白，那些闪亮的日子，其实叫作年轻。

（发表于2012年5月29日《中国青年报·青春热线》副刊，其实是为《踏歌行》专栏而写）

有些日子没听老爸唱歌了

据说6月的第三个星期天是西方父亲节，这两天一直提醒自己，得给爸妈打个电话了。平时通电话就很少，每次打去电话又多是老妈接的。这么一路过下来，竟然有很长日子没听到老爸说话了。

老爸如今真是如假包换的老爸，80岁的人了。咱国要论晚婚晚育模范，老爸老妈绝对算得上一对，老爸有我的年纪，在他那个年代，往极端一点说，当爷爷外公不是没可能。

我小时候的记忆里，爸爸所占的篇幅其实不多。我出生后的最初那几年，爸爸总不在家，很偶尔才会突然露一面，然后我又不知道他去了哪儿。爸爸为什么不在家？他们说，他属于那个特殊年代的所谓“漏网右派”；后来他们又说，他被办了“学习班”。什么是“学习班”，我不懂。关于爸爸的记忆，印象最深是那一次，好像那时我两三岁，好像是我妈带着我，去爸爸所在的“学习班”。隔着非常小非常小的小铁窗，他们说着话，我爸不能出来，我们不能进去。那时的我，好像也并不很想到窗户里头的小屋子去见我爸，相反，我着急回去跟一群小伙伴玩，我对窗户里的那个爸爸，没有什么感觉。大人说完话，我们就离开了。走了好几步路，我回头看，爸爸还站在窗户后边老远地看着我们。

我 10 岁，爸爸被“落实政策”，全家搬到广州，那个小窗户里的爸爸，成了跟我们天天一起生活的爸爸了。

那时，家里有苏小明的歌带，“有个年轻的姑娘，送战士去打仗。他们黑夜里告别，在那台阶前。透过淡淡的薄雾，战士看见，在那姑娘的窗前，还闪耀着灯光。前线光荣的大家庭，迎接着青年。到处都是同志，到处是朋友。可是他总也忘不了，那熟悉的街道，那儿有亲爱的姑娘，和可爱的灯光……”录音机里放着苏小明的歌，爸妈如果心情不错，会小声地跟着唱。爸爸是标准的男中音，而妈妈在很年轻的时候是剧团里唱小生的，爸妈的音色、音高听上去倒也挺协调，“远方可爱的姑娘，寄来珍贵的信。小伙儿心里多高兴，变得更坚强。狠狠打击侵略者，战斗更勇敢。为了可爱的祖国，和亲爱的灯光”。

爸妈在家低声哼唱过的歌，很多我现在已记不得歌名，依稀还有印象的，有《教我如何不想她》，有《渔光曲》，有《星星索》，有《何日君再来》，而更多的，是苏联歌曲，《红莓花儿开》《山楂树》《苏丽珂》，还有南斯拉夫的《深深的海洋》……女声小合唱《共青团员之歌》唱起来，长短句来回穿插，“听吧战斗的号角发出警报，穿好军装拿起武器……”那时，我一唱这歌就容易舌头打架倒不过来气，妈妈带头一唱，得，比我利落多了。而《海港之夜》是一首男声小合唱，“唱啊，朋友们，明晨要启航，驶向雾蒙蒙大海洋。唱啊唱得欢，白发老船长，快来同我们一起唱……”眼看我又把节拍唱错了，这边爸爸的和声一跟进，嘿，好听极了。

《共青团员之歌》唱不过我妈，《海港之夜》和《三套车》又唱不过我爸，我只好“主攻”苏小明了。苏小明在那些年灌录的磁带还真不少，里头的苏联歌曲，除了《灯光》，还有《小路》《山楂树》等，全成了我的童年最爱。这么多年，翻唱这些老歌的歌唱家、歌手多得数不清，可直到现在，一唱到这些歌，从歌词到节拍，我最熟的，还是苏小明版。

那时的老爸，心情大好时，不光唱歌，还会在客厅即兴来一小段交谊舞，即便我们谁也不陪他跳，他那几步舞步还跟比赛似的完成得一丝不苟。多年以后我才听亲友说，其实在爸爸更年轻的时候，不光舞跳得好歌唱得棒，乐器他也会玩好几样。可惜，“文革”开始后，再没人见过爸爸玩它们了。而像“文革”后期才来到这个世界的我，能见到老爸兴之所至哼哼小曲，这就不错啦。

在唱歌这件事上，除学校里的音乐老师，最早给我表扬的家里人，就是老爸。家里经常放各种歌带，姐姐、哥哥和我自然少不了边学唱边斗嘴。有一次我们仨又开始“你跑调啦！”“你五音不全！”诸如此类互相抢白着对方，就听爸爸突然很认真地对大家说：“别争了，你们几个，妹妹唱得最好！”哈哈，你别说，打从那天起，我家就没人质疑过爸爸的这个结论。现在我有时往回一想：小学、中学、大学，走哪儿我都一副想唱就唱的傻呵呵做派，“祸根”是不是就是老爸当初的那句肯定？

写这些字的时候，我真切地意识到，确实是有日子没听到老爸的声音，更有日子没听到老爸唱歌了。因为他们，我的老爸老妈，我才知道了那么多美丽的苏联歌曲；因为那些老歌，我们全家，才能在那个物质困顿的年代里努力做着快乐的精神富翁。在网上，我重新找到了苏小明的这首《灯光》，在台灯下，边听，边唱。童年时跟着爸妈哼唱苏联歌曲的那些场景，一个一个地从记忆里走了回来。这一刻很幸福。

（发表于2012年6月12日）

《鸿雁》把我的记忆送回来

小暑一过，天越来越热。有一种不耐烦隐隐约约若有若无，一天天一点点膨胀。不耐烦些什么呢？也并没有特别具体的事，就是时时想逃离这个四方屋子，扔掉天天看腻也做腻的一切，哪怕就几天。

又一个热得不成样的黄昏。常听的那档歌曲节目，突然飘出了“鸿雁，天空上对对排成行。江水长秋草黄，草原上琴声忧伤……”歌词一个字一个字悠悠然飘动在屋子里，那一瞬，我像站在大冰箱前，猛地拉开冷冻室的那扇门，骤然奔袭出一股冷气，浑身上下给了那么狠狠的一激，爽呆。我停下手里正做的事，站在那儿，一声不吭把整个歌从头听完。

《鸿雁》，从歌词，到意境，与此时此刻周遭的高温闷热，实在是太风马牛不相及了，在盛夏京城，我跟你聊"歌声远琴声颤，草原上春意暖"，你完全可以骂我：哪根筋搭错了啊，你！

悲催的是，我们要在庸常日子里感受幸福，往往就只能寄望于一次又一次的"搭错线"。难道不是？就譬如这次，在这么一个碌碌而无聊的日子，《鸿雁》，把我多年前的一些记忆送了回来。那些在大草原大沙漠的日子，既历历在目，也恍若隔世。

2000年6月，第一次去大西北。住甘肃与内蒙古交界的酒泉卫星中心，那次的团队目标是走巴丹吉林沙漠。那半个多月，似乎就绕着内蒙古阿拉善盟额济纳旗周遭活动。进沙漠前，在沙漠外围的村子歇脚过夜，当地人款待贵宾的，自然是杀羊煮肉、大口喝酒，在老乡友善的目光下，我吞下被当地人视为待客贵礼的羊尾。那是一个大口吃肉大碗喝酒的蒙古包夜晚。

同年8月，再度走西北，新疆、甘肃、宁夏、内蒙古。内蒙古的那段行程，竟然又是阿拉善，又是额济纳。抵达当夜，遭遇停电，8月的草原，六七级风裹挟着沙尘。多年过去，我还记得在招待所的那个门窗、屋顶多处残破的澡堂里，我们听着屋外鬼哭狼嚎般的风声破窗而入，穿澡堂而过。

这两趟西北行，看得最多的，是茫茫沙漠，干枯的胡杨，绿意葱茏的北疆草原，一望无际的戈壁滩。又隔两年，我在新疆南部，睡着长途卧铺汽车，走塔克拉玛干沙漠公路，和田、喀什、库尔勒，来回折腾半个多月。

2004年夏冬两季走了两趟内蒙古，则是距今最近的草原记忆。那年8月，跟着车队走内蒙古东部，在雷电交加瓢泼大雨中，沿着呼伦贝尔大草原边缘，赶往扎兰屯、满洲里。就是那次赶路，看到了草原上的雨后彩虹。

看上去，这一切依旧与《鸿雁》这首歌没什么关系。

这一切是我的西北记忆，而《鸿雁》装着蒙古族人的望乡情结。再者说，当年那几趟横跨千里的西北行，一路相伴的歌声，是亚东、腾格尔、容中尔甲。那时，还没有《鸿雁》。

然而当几年前，在北京，第一次听到《鸿雁》，我却在第一秒钟被它震慑住了。“天苍茫雁何归，心中是北方家乡”，那一刻，那些在内蒙古、在新疆、在甘肃、在草原沙漠戈壁滩上游荡过的日子，一个个清晰起来。

也许人与人之间确实有那么一种气场。朋友中有很多很多内蒙古人、新疆人、甘肃人。在过去那些一起喝酒唱歌的日子，唱得最多的，真的是那些歌颂内蒙古、新疆的歌，《草原恋》《父亲的草原母亲的河》《天堂》《父亲》《草原之夜》《怀念战友》……当然也少不了这首《鸿雁》。跟他们唱西北的歌，聊西北风光，喝西北烈酒，这一切发生在生于岭南长于岭南的我身上，多不可思议啊，不是吗？

大城市里实在是太嘈杂了。这两年的我，比以往任何时候都更期待安静。当摆脱不掉心生厌倦的现实，让自己高兴的一个笨办法，就是去听些舒缓的、柔美的、裹着某种情怀的慢音乐，给自己做心灵按摩。而《鸿雁》就属于这类。

喜欢《鸿雁》，并不意味着我有多想重回 10 多年前那些奔波的日子，不是的，喝酒吃肉熬夜写稿赶路的日子，不再是如今的我所能承受得住的生活。《鸿雁》让我想起的，只是一段蹉跎的青春。那些奔走，你可以视为该在事业上有所建树的一段好时光生生被我浪费掉，也可以视为是一段弥足珍贵的生活历练。无论是无谓的蹉跎，抑或是珍贵的经历，是错是对，留下的烙印，都已无法抹去。

周日下午，我重新找出《鸿雁》，一个人在洒满阳光的屋子里反复听，眼泪无声地爬满脸颊。流泪的原因，或许并不仅仅因为《鸿雁》，而是在《鸿雁》前，我反复听李宗盛的《给自己的歌》——有这些貌似奇怪的举动，都是为了眼前的《踏歌行》。李宗盛《给自己的歌》里说："岁月你别催，该来的我不推，该还的还，该给的我给。岁月你别催，走远的我不追，我不过是想弄清原委。”《给自己的歌》后我放出了《鸿雁》：“……酒喝干，再斟满，今夜不醉不还。”两首歌，一首冷静地活在当下；一首还在忆往事话当年。从风格到内涵毫无交集的两首歌，奇妙地串联起来，猛烈地敲打着我。

（发表于 2012 年 7 月 17 日）

《星星索》：唱给自己的小情歌

虽然已是初秋，但湿热天气照旧把人憋得七荤八素的。每日奔走在钢筋水泥森林里的都市人一聊到“神清气爽”，总爱蹦一个词“洗肺”，是啊，此时此刻，我们能到哪里“洗肺”？凉爽些的水边，绿意多点的地方，如果都去不了，听些空灵的音乐，是不是也能获得“沁人心脾”的功效？

虽说是个笨主意，但还真想起来了，有的歌，可能真有“洗肺”功效，比如那首几代中国人都会唱的《星星索》。

“呜喂，风儿呀吹动我的船帆，船儿呀随风荡漾，送我到日夜思念的地方……”完全没有伴奏，只有单纯的人声，慢悠悠往高处可劲儿地飘送，悠远，空灵。

掰手指头一算，听《星星索》的历史，至少也得20年了。那时，家里有很多太平洋影音公司、中国唱片社广州分社出品的盒式磁带——封面标有“太平洋”“中唱”字眼的盒式歌带，在20世纪80年代几乎是中国家庭或多或少都有的“家居摆件”。我家那堆磁带中的几盒，封面都是那个美丽端庄的女子，陈蓉蓉，一位印尼归侨，女中音歌唱家。

那时我才上着小学，晓得印度尼西亚这个国家，一个渠道是陈蓉蓉的那些印尼民歌，另一个渠道是那部红遍大江南北的电影，秦怡、陈冲主演的《海外赤子》。看家中墙上贴的世界地图，印尼在咱国这只“大公鸡”肚子底下的东南方位，有一个颇具气势的别称——“千岛之国”，此外不再知道更多。心想那总该是挺美丽的一个国度，要不，怎么会有那么多好听的歌？

对印尼民歌的高度好感，就从陈蓉蓉的这些盒带开始。印尼苏门答腊中部地区的船歌《星星索》、摇篮曲《宝贝》，还有那首诙谐搞怪的《哎哟妈妈》……陈蓉蓉的盒带被放的次数实在很多，爸、妈、姐姐、哥哥、我，全家人人张口就能来几句。《星星索》和《宝贝》，缓慢、悠扬、略带忧伤的调调，成了印尼民歌留给我的最强烈印象。而《哎哟妈妈》则是幽默的、轻松的，那可能是印尼的另一面。

2010 年的某天，在微博上看到一个消息，陈蓉蓉因病辞世。这位印尼归侨一直任教于天津音乐学院，几十年间已是桃李满天下。好多人给那条微博跟帖，写下当年听《星星索》《宝贝》《哎哟妈妈》的感受。我这才发现，原来听过陈蓉蓉的歌记得陈蓉蓉的人，竟有这么多。看着那些跟帖，关于《星星索》的儿时记忆全回来了。

《星星索》，可独唱也可合唱。它无须任何伴奏乐器，用合唱形式唱它，出现的所谓“伴奏”，是不同声部之间配合出的和声。唱过《星星索》的歌手，仅就我的印象，从台湾的邓丽君，到大陆的杨钰莹、黑鸭子、八只眼合唱团、摇滚歌手郑钧……太多了。在我看，唱得最富个人特色的，是邓丽君和郑钧，经他们翻唱后的《星星索》，韵味迥异，又异曲同工——都清晰地、坚定地保留了原版中那股子忧伤，忧伤，是这首歌的灵魂，很淡，但又绝对深嵌于歌的“骨子”里。

“当我还没来到你的面前，你千万要把我记在心间，要等待着我呀，要耐心等着我呀，姑娘，我的心像东方初升的红太阳……”居住在印尼苏门答腊中部地区的巴达克人，多聚居在多巴湖周围，在湖面上泛舟歌唱，是他们的一种生活方式。无论是印尼语原版中的“姑娘”，还是邓丽君版本里的“情郎”，年轻男女荡舟湖面，对天对地表达情爱，是如此美好的一种单纯啊。

不过，在我看来，可以不把《星星索》当作情歌，只把它当成“洗肺”的歌就很好了，或者说，把它当成唱给自己的小情歌吧。

在我的理解中，《星星索》更应该在夜里唱。最好是这样一个云淡风轻的夜晚：泛舟水面，有人划桨，有人轻哼《星星索》——那是划船时随着桨的起落节奏而发出的声音，有人悠悠唱起“呜喂……”一切在这一刻变得柔和松弛，至于你心中的姑娘，你暗恋的情郎，在夜色的掩护下，能灵犀相通的，尽在不言中了。

父母家里当年的那些“太平洋”老磁带，并没被我带到北京，但是，在没有多少水域的北京城，我仍然会在一些很普通的时刻，突然有唱起《星星索》的冲动。“呜喂，风儿呀吹动我的船帆，姑娘呀我要和你见面，向你诉说心里的思念……”就在歌声响起的那一瞬，人的状态一点一点 high 了起来，仿佛自己正荡舟于一片开阔水面，微风习习，河水潺潺，水声正从耳际悠悠流过。

如今的 90 后、00 后，也许没多少人听说过《星星索》。而事实上，《星星索》已选入中国高中标准实验教科书《音乐鉴赏》。知道这事时我莫名地高兴了好一阵子。自己喜欢的东西，有机会让更多人知道并喜欢上，对我来说是件幸福的事。

从盒式磁带里的《星星索》，到如今偶尔在广播或电视里出现的《星星索》，一晃将近30年。这么多年，我对这个东南亚国家的了解，自然远比儿时多了很多，但《星星索》《宝贝》《哎哟妈妈》当年带给我家的那份清新与温馨，却从未掺入半点杂质。

（发表于2012年8月21日）

《朋友》一生一起走

一位朋友，在周遭亲友毫无心理准备的一瞬间撒手人寰。噩耗传开，所有认识他的人惊愕，悲痛，继而是无尽的追思。盛满痛悼之情的文字，络绎不绝地从各方传来。

这位逝去的朋友，在他的朋友圈中被昵称为“德公”。德公的哥们儿这些天回忆起他们曾经拥有的往事，少不了的，一个是“情”字，一个是“酒”字。这就让我想起了一首歌——《朋友》，“朋友一生一起走，那些日子不再有。一句话，一辈子，一生情，一杯酒……”

温习德公与他的朋友们的故事，发现，有些歌词，就像在写德公。

德公给朋友们的感觉，像是一个复合体，对年幼于他的，他像父亲，像老师，像兄长；而于他的同龄人，他就是兄弟。

20 年前，我跟德公在北京认识，当时，我只是一个 20 岁的小实习生，而德公已是业界前辈，他的岗位在上海。此后每年我们见面一次两次，在北京，在上海，每次见面，德公总是清楚地知道，我最近写过什么了，又或者我到哪个新部门了。甚至，见面时我的职业情绪是低落抑或还不错，他都轻声细语跟你聊着，同时始终温和地笑。20 年过去，他竟然记全了我待过的七八个部门的名字和年份，记得我这些年里大概都做过些什么。

这个时代，每个人每日里步履匆匆，有各种各样的事要留意要惦记。可是，德公，我这位大朋友，他连一个于他自己的工作完全无足轻重的后辈，竟然就都留意到，并且放在心里，这一留意，就是 20 年。

而事实上，德公留意的、在意的，远不止我一人。

他到西安出差，跟小兄弟彻夜酒聊，第二天，他给还熟睡着的小兄弟带回了早餐，自己走了。在还用着胶卷相机的年代里，他跟北京的同事出国访问，回国后，他把沿途帮同事拍的相片一张张洗晒好挂号寄给同事，就连底片，他都用塑料封套一一装好。他的朋友，无论老少，苦恼、麻烦事，德公知道了，他就记住，帮得上的，出手相助；帮不上的，他陪你聊，听你说。

“在意你”，德公就是这样跟每一个人做着朋友。这种“在意”，带出的那种独特的温暖，几年，十几年，二十年，丝丝缕缕，从我们各自跟德公认识的那天起，到此刻，一直在。

人活一世，朋友相处，很多时候，处的其实就是这样一种“在意”。

而在一些时候，朋友相处，过多的言语许是多余。

德公的一位老朋友在追忆文字里，重现了画面感强烈的细节：“梦德见我两个硕大的双肩背包，非常自然地背起一个，也没说什么，就和我并肩走出长长的通道。我的包里是各种装备，不是一般的沉重。像梦德兄这样平时不一定健身的文人，一定是相当吃力了。我几次劝他歇歇，他笑笑，还是不露声色，只是脚步没停，朝着通道尽头的光亮移动。在昏暗漫长的通道中，梦德兄吃力地和兄弟我并肩负重而行……通道尽处有些许光明。这是我们时代的处境。”德公的那位老朋友说，“驮着沉重的背囊，并肩前行的情景，那是肝胆相照，那是兄弟，是同袍”。

这是十来年前的德公往事，然而那些个场景，此刻仿佛眼前。隐忍在这些文字里的兄弟情朋友谊，不露声色，却撞击人心。这些年，我们不停歇地走四方，我们曾在夜色阑珊处，在朦胧酒意中，和着周华健的歌声，高声嚎唱过多少次“朋友一生一起走，那些日子不再有”啊，而何谓“朋友一生一起走”，德公跟他朋友这令人难忘的画面，是最生动也是最深刻的诠释。

我跟德公认识这20年，我们各自呼吸、劳作、忙着开心、忙着悲伤于不同的城市里，我似乎从来没有特别强烈地感受到这位朋友的存在，但是，他走了以后，他一切的好——文品的好，人品的好，他处世是非分明，他厚道的为人，故事，细节，一下子全想起来。我这才意识到，我有这个朋友这20年，是如此“有温度、有质感”。

德公跟朋友们的最后一次大聚，其实就在不久前，在内蒙古。某天深夜，一些年轻朋友还在深夜的KTV里集体唱过这首《朋友》，“朋友不曾孤单过，一声朋友你会懂，还有伤还有痛，还要走还有我”。此后，这群朋友，在格根塔拉草原美丽的夕阳下，集体向天空欢快地高抛帽子、围巾，嬉戏打闹，笑对夕阳，其中，就有我们共同的大朋友，德公。

德公猝然离世的翌日，我鼓足勇气，点开朋友们写给他的一篇篇追思文字，逐字逐句看，看得泪流满面。傍晚下班，夕阳西下，彩霞满天，很容易让人想起不久前在格根塔拉草原上的夕阳，草原上大伙儿的笑脸。突然我一愣：德公，在格根塔拉草原夕阳下微微笑着的老朋友，他再也看不到北京城这满天彩霞了！这么一念，泪落如雨。

（发表于2012年9月18日）

《晴朗》：你让我感觉到力量

秋雨淅淅沥沥。刚过去的周日是2012年入秋以来最冷的一天。清晨7点，家人冒雨出门，赶往京西的八宝山，去送别一位平日里待人接物热情爽朗人缘特好的同龄人。10天前，这位朋友突然以坠楼的方式，跟他的朋友们不告而别，让人扼腕。从告别仪式回来后，家人说，在那样一个特殊场合，遇到很多平时忙忙碌碌不常见面的朋友，大家悲恸之余，说得最多的话是：除了健康，一切皆是浮云。

是啊，健康。但身体的健康，是不是应该包括情绪上的健康？否则那位各方面都很优秀的朋友，断不会舍得扔下他的父母兄姐，他年轻的妻，他幼小的儿，他的那些同行、朋友，以那样一种决绝惨烈的方式走掉。在这个压力无处不在的年代里，让心境摆脱阴郁，保持"晴朗"，成了难度系数越来越高的事。

雨一直下，寒意逼人，这么一个坏天气里，聊着生死话题，让人有些沉重。能振奋一下自己的，大概就是音乐了。刨半天，找出这首《晴朗》，希望它给我一种明亮的暗示。

"一切就像是电影，比电影还要精彩，如此真实的场景，让我分不出悲喜。这是初次的感觉，我想了解这世界，充满悬念的生活，击打我的心……"《晴朗》，歌手老狼 2002 年秋天推出的 CD 专辑同名曲。如果你是骨灰级的许巍迷，那么，《晴朗》的旋律一起，你会在第一分钟察觉，这是许巍的歌。确实，《晴朗》的词曲均为许巍，他也曾推出自己演唱的《晴朗》MV。有许巍迷认为，许巍版本的《晴朗》编曲似更华丽一些。

不过，我还是坚持认为，老狼音色里那股子慵懒放松的劲儿，更符合这首歌的气息。一个博友说，凡是《晴朗》这类跟闲聊天儿似的歌儿，老狼回回都唱得罕逢对手，娓娓道来的“业余范儿”，能让一切所谓专业唱法都弱爆了。

如果不望文生义，不一看歌名就想当然，而是多看几眼《晴朗》的歌词，你能体会到，这更应该是一首情歌，“这是初次的感觉，好像天空般晴朗，只因那利刃般的女人，她穿过我的心……”在歌里暗暗涌动的，是遇见爱情的男人的心动、欣喜、纠结。

不过，听《晴朗》整10年了，我总是学不会用看待情歌的心态去看待它。开车时，突然想听一些歌，最常见的选择，就是往CD盒里塞进这张“老狼”，“我爱这精彩的世界，交织着太多的悲喜，我爱这精彩的电影，如梦幻如空花”。我明白它是情歌，但我总也没太听到爱情，却听出了爱情之外的一些感觉，这些感觉，让我明白地告诉你是什么，我做不到，非让我说，我只好用一些关键词来告诉你，这些关键词包括了“电子”

“旅行”“平静”“从容”。一首好歌，总能带给不同人各自隐秘的体验。难受的时候，紧张的时候，放一放《晴朗》，很硬朗的鼓点，很明快的节奏，紧绷的神经，也许能一点一点地舒展开。

每次听《晴朗》，其实我是有所期待的。“我那总沉默的朋友，你让我感觉到力量。曾在我心中的伤口，如过眼的云烟……”是的，我等的，正是这几句歌词。曾经戳心窝的伤口，竟然都能成过眼云烟，得是接收到怎样强大的一份力量才能做到？每次老狼唱到这儿，我仿佛看到，歌里那个遇见爱情的男人，不再纠结。最抵达人心的“晴朗”，莫过如此了吧。

听了这么多年歌，我有个老毛病，是常常听错歌词。曾经将辛晓琪的《领悟》中的“多么痛的领悟”在很多年里一直听成了“多么痛的礼物”。关于《晴朗》也是如此，“只因那利刃般的女人，她穿过我的心”被我在这10年里一直认定为“只因那丽人般的女人，她穿过我的心”。不过，“利刃”和“丽人”，在某种意义上，不就是同一样东西？是“丽人”，就往往是一把“利刃”，之于那些被她吸引的男人，这把利刃，常常穿过男人们的心，而男人们对此常常未作防备。

其实，年少时的我很喜欢阴霾天的，但可能是岁数渐大的缘故吧，最近这几年，我越来越喜欢风和日丽的晴朗天。为什么对天气的喜好会有如此180度转弯？原因我说不清。我只能说，应该就是一种中年心态，越来越希望一切平平静静一切无风无雨；越来越希望，任何事，你都千万别让我去着急去较劲，任何事，你就让我与你无关，让我安静地待一边，允许我无声地笑一笑，心就像天空般晴朗。这就挺好。

不管阴天晴天，也不管刮风还是下雨，《晴朗》总是可以时不常拿出来听一听，一边听，一边体会那种豁然开朗、笑看风云破的小幸福。这就挺好。

（发表于2012年10月23日）

没那么简单

忙着上班，忙着用电脑、电话做各种与工作有关或无关的事，忙着看电影，忙着看话剧，忙着整理书报……日子很忙碌，节奏很稳定，这是很长一段时间以来的状态。好多个周末，虽然还做不到黄小琥歌里唱的“一杯红酒配电影”，但也实现了“在周末晚上关上了手机，舒服窝在沙发里”，那一刻，幸福指数噌地一下就高了。

被我刚刚引用了几句歌词的歌，是黄小琥的《没那么简单》。她，并非我最爱的女歌手，它，也并非她的歌里我最爱的那一首。事实上我只是最近两年才听说了这首歌。而第一次听，就被它的词吸引住，“没那么简单，就能找到聊得来的伴，尤其是在看过了那么多的背叛，总是不安，只好强悍，谁谋杀了我的浪漫……”歌娓娓道来，俏皮有趣，淡如白水的大实话——甚至，有那么一点点唠唠叨叨的嫌疑，但透着一股“彻底活明白了”的自信劲儿，让人听着好生痛快。

而曾经，黄小琥的歌，我最欣赏的一首，与《没那么简单》风格迥异情绪迥异，那首歌，名字叫《我只想知道你是否真的爱我》。第一次认识它，在N年前，收到一个朋友寄来的CD，在它响起的那一瞬，令人惊艳。“偶尔需要一些距离，不让彼此受伤害，爱情总是会看不清，结局有时又悲哀。和你一起我不后悔，就让你我的过去，永远不必再提起……”旋律大气，歌词婉约，贯穿始终的那股子爱恨交加患得患失，被黄小琥倾诉得荡气回肠。那几年，我时常把那张“黄小琥”放在身边，时常给《我只想知道你是否真的爱我》按上重播键，在很多个有心情听歌的时刻，反复地听。

也因为《我只想知道你是否真的爱我》，我才知道了黄小琥，一个于我无比陌生的歌手。上网补课，才知道她在台湾以“灵魂唱腔”著称，是著名的“LIVE天后”，也才知道《我的心里只有你没有她》的原唱者是她。

那些年，听过太多故事。人潮人海中，总有那样一些男人女人，不慎陷于苦恋的沼泽地。总有那么一些感情，天生可爱，却也注定可怜、无助、绝望。他们会在“我只想知道你是否真的爱我，问你我所在乎的，是否你会放在你心里”的各种纠结里，摸爬滚打。那些年，我常被叫去参加一些饭局，忠实地做着倾听者。

而事情一定又会是这样的，当一桩情事经过眼泪的千浸万泡，答案显而易见。

后来，我越来越害怕去参加那样的饭局。饭局上，倾诉，宽慰，各种掏心掏肺。但当饭局归来，重温清静，每每发现，我带回的不只是故事，还有伤害。可它，原本与我无关。

听歌这件事，也是如此。前几年，主动抓起几张CD听上一个晚上，主动去给个人博客音乐库补充些新歌，种种貌似很没上进心的行为，我乐此不疲。但至少从最近两年起，这些“神经质”的举动，已然销声匿迹。每天依旧有操不完的心，而一旦闲下来，不再想听歌，而只想发发呆，只想看看戏，只想看看书。听歌？啊不，那需要一种情绪，或者说，那会触动很多坏情绪。而你不觉得吗，人活到一定阶段，太多的情绪，显然就属于生命中不能承受之重。

所以，如今，《没那么简单》这首大白话般的歌，反而让我感受到力量。“感觉快乐就忙东忙西，感觉累了就放空自己。别人说的话，随便听一听，自己做决定。”是的，不纠结，不计较，好好地活，为自己活，足够。

最强大的心理干预，只能来自自己。在《没那么简单》这首歌里，主人公活得好明白，“过了爱做梦的年纪，轰轰烈烈不如平静。幸福没有那么容易，才会特别让人着迷”。但主人公也承认，“什么都不懂的年纪，曾经最掏心，所以最开心，曾经……”

从《我只想知道你是否真的爱我》，到《没那么简单》，这就是所谓的长大，所谓的成熟。其实，这何尝不是一种变老？洒脱如《没那么简单》，深藏不露的忧伤，假装出来的坚强，也终在歌的最后一句露出了“狐狸的尾巴”——“想念最伤心，但却最动心的记忆”。

（发表于2012年11月27日）

《北京之雪》：乘着月光进家门

12月20日，北京降下今年入冬以来最大的一场雪。雪飘下的傍晚，我外出吃饭，走出楼门才发现，地都白了。坐在酒楼里临窗的位子，隔着玻璃窗，看车水马龙的北四环路，慢慢地变成一片白色世界。

回家时已是夜里9点半，路面结了薄薄一层冰，天空继续飘着雪。雪中的车辆，走着走着也成了一个个白色的移动物。车速如蜗牛，走走停停。这情形，倘若搁在平常天气里，不耐烦的司机们早就把喇叭按得震天响了，但在那晚，所有的车沉默地堵着，沉默地挪着，听不到谁按喇叭，看不到谁下车张望。那一刻，车窗外的世界，安静，朦胧，让人想起田震的一首歌《北京之雪》里的那句词，“当雪花朦胧了北京城”。

广播电台的音乐节目常会随季节轮换，播放各种配合时令节气的歌曲。我正是在几年前的一个冬日，第一次从收音机里认识了《北京之雪》——“窗外的冬夜有多冷，闭上眼心就疼，不能再想离家多远，那只叫城市夜更深……”音色沙哑，咬字有力，典型的田震唱腔。

一直认为，每一首歌都一定有最匹配它的那一个歌者。一首歌，只有找到最合适的那个人，才能全方位展现出它的美丽。《北京之雪》，毫无疑问，就只能属于田震，一个骨子里嵌刻着北京人那股浑不吝劲头的女子。若是换了别人，《北京之雪》也许就会少了些北京的气息、北京的味道。

近些年越来越干燥少雨的北京，这个冬天的降水似乎格外多。从 11 月初入冬的第一场雪算起，至今已经迎来了好几个雨雪天。在12月20日这场中雪到来之前，则是连续好几天的大风。每天听着窗外呼啸的北风，琢磨着将要到来的春节安排，我决定南下陪老爸老妈——没有太多复杂原因，只有一个理由：他们80岁了。

电影《飞越老人院》里有一个桥段，颜丙燕饰演的老人院院长说：假设我们的父母还能活20年，假设每年我们回家10天，每天能在他们身边待几个小时，所有的这些加起来，我们跟父母在一起的时间折合下来也就是几十天……在那一瞬，坐在影院里的我一下被击中泪点。我突然意识到，认真算来，父母的家，回去得真是一年比一年少了。

当年报考大学，特意挑了离家很远的北京，一门心思要逃离那个家，逃离父母的唠叨；上班后，很快有了自己的家，工作渐忙，年岁渐长，嘴里常念叨的家，更多是指自己的这个小家。但在几天前那个刮着五六级大风的时刻，我规划着春节行程，想起《飞越老人院》的那个桥段，重新把《北京之雪》找出来，再听到那句“不能再想离家多远，那只叫城市夜更深”

的歌声，这才觉得，年节里的“家”，理所当然就该是父母的家。

刚刚过去的周末晚上，零下13摄氏度。顶着5级风，我去看一部表现老年痴呆症题材的西班牙默剧《安德鲁与多莉尼》。前半场是让人会心一笑的幽默桥段，后半场却让人笑中带泪，内心五味杂陈。剧中的角色，完全可能就是未来某天里的亲人与自己。欣慰的是，那部戏也告诉我们一个道理：亲人间的种种误解、疏离、冷漠过后，最终胜者还会是浓得化也化不开的亲情。看完戏，一边开车，一边跟朋友继续讨论剧情，唏嘘不已。车窗外，寒风凛冽，月色清朗，那一段回家路，恰如《北京之雪》里唱的，“我该更勇敢牵一个身，乘着月光进家门”。

是的，每次听《北京之雪》，最期待的，真的就是这一段：“当思念覆盖了北京城，快快步迎接另一个春，多少知心话像一盏灯，留给惦着我的人。”每一次听到这里，各种莫名的小感动，会在那一瞬间于心底肆意奔腾。我当然知道，在很多人听来，《北京之雪》更像是一首咏叹爱情的小情歌。这种理解一点儿都没错，如果我能回到更年轻些的日子里，毫无疑问，我也会这般理解它。然而眼下，在我看来，这一曲《北京之雪》，更像是一首另类的游子吟。

（发表于2012年12月25日）

和汪峰一起唱《北京北京》

当“大雾版《北京北京》”让很多人第一次知道或第N次温习《北京北京》这首歌时，生活在歌中这座城市里的一些人，又要和她作别，他们将踏上归途，到距离北京或远或近的家乡过年。今年的春运预计客流量将创新高，火车票一票难求，北京，这座平时纷繁喧嚣的城市，正目送这些归家心切的人，再有半个月，北京将会暂时“腾空”，那时的她，将拥有难得安静的一面。

在这个时候，来听《北京北京》，别有一番滋味。它在1月中旬那轮弥漫全国多地的雾霾天气里“另类火爆”，让我想起，第一次听到它，我怎样的为之惊艳。

2012年夏，某档音乐选秀节目，选手黄勇和梁博上台合作演唱《北京北京》，一个激情投入，一个空灵高远，曲毕，现场沸腾，《北京北京》的词曲作者兼原唱汪峰起身向歌手鞠躬致意。那一晚的微博，这个演唱视频被大量转发、评论。

在这一幕发生前，我还真不知道这首歌。而在那晚，我确实被它深深迷住。“当我走在这里的每一条街道，我的心似乎从来都不能平静。除了发动机的轰鸣和电气之音，我似乎听到了他烛骨般的心跳……”音色沧桑，曲调跌宕，生于北京长于北京的汪峰，歌里的北京，确实“很北京”。

我以为自己对这歌的喜爱略嫌“文青”，但却连续几天看到好些已届中年的“老男人”，在微博上掏心掏肺述说着对《北京北京》的热爱。他们互不认识，但他们的微博，中心思想分外相似：《北京北京》，从歌词到氛围，像一颗子弹，击中他们自以为坚硬的“老心脏”。

一位年届不惑的男性友人，实在是喜欢《北京北京》，从超市找到音像店，从音像店找到书店，就为买到一张收录有《北京北京》的正版专辑。

在微博上争“晒”《北京北京》的“老男人”们，四处寻找原版CD的朋友，一定在歌声里，想起了一些只有他们自己才懂的往事。这样的触动，我也有。

网络上经常出现一些“神帖”，这些“神帖”往往被网友疯狂转发、评论。这些“神帖”里，有一类是关于北京的。比如“告诉你一个真实的北京”“月薪一万在北京能干什么”“在京生活真实内幕”等，海量的转发与评论，你一眼能看见的，是人心。在京的网友，附和着居京的艰辛惶惑；京外的网友，则感叹同情加调侃。是，居京大不易，北京太大，人口太多，路面拥堵，地铁爆挤……总之，“北京”两个字好辛苦。

《北京北京》MV里的人，是住着出租屋的人，是天安门广场上对着相机相拥欢笑的人，是建筑工地上吃着盒饭的人，是骑车上班堵在十字路口等绿灯放行的人……这段MV让我想起多年前张国立主演的一部电影《混在北京》，还有2012年的国产片《神探亨特张》，它们有着相似的气质——高楼林立，街景杂乱，平凡男女，为了生存，奔走在这个大城市诸多不起眼的角落。

这样的北京，才是属于更多人的北京。

我的家乡是南方一座大城市，那里的人大多对北京有各种不习惯：空气太干燥，没啥好吃的，交通不方便，等等。一些生活在小城市的朋友，也常跟我念叨着北京的种种不便。每次我都会陪着一起抱怨，但心里清楚，因为爱她，所以怨她。

一个地方，无论大小，无论贫富，有一份职业，一些感情，一些念想，对生活在那儿的人来说，便不再普通。

每次回到那座有着我童年、少年回忆的南方都市，我的状态都是“到那儿做客去了”，在那座绿意盎然休闲气息浓郁的城市，我时常会有一种疏离感，小时去过的地方如今于我是那般陌生，哪儿都不认识，哪儿都很生分。而当返京的飞机缓缓降落在首都机场，只有到家了才会有的踏实感，油然而生。

在北京，忙碌，着急，厌烦，抱怨，甚至逃离，或又回来，这就是很多人彼此复制的轨迹。北京，她复杂还是简单，你问我，我只能答，一言难尽。千言万语，我只在乎你，这，就是北京。

（发表于 2013 年 1 月 22 日）

总能听到《下沙》的消息

3 月的第二个周六，大风裹挟沙尘，一时间，京城变成“沙城”。网上有人打趣：今天的天气，打一歌名。很多人的跟帖，答案一致：《下沙》。

这调侃，让我心头激灵了一下——有很长一段日子没想起它，《下沙》。

第一次听《下沙》，年份我已然含糊，大概是 2002 年，在新疆。那时，人还年轻，精力过剩。旅途漫长，白天赶路，而一到夜里，年轻人会相约去唱歌，地点不挑，档次不挑，有歌可唱就 OK。第一天，就有人点了这首《下沙》，一下把我听傻了：太好听了！这歌叫啥？《下沙》啊，这歌现在特别红，游鸿明的。游鸿明是谁？游鸿明是台湾实力派大帅哥啊，你居然不知道！

有一些歌注定是让人一见钟情的，《下沙》属于这一类。

那次新疆行，走了吐鲁番、喀什、伽师、疏勒、和田等地。其中一段行程，是搭乘双层卧铺长途汽车，穿越塔克拉玛干那条著名的沙漠公路，车行驶将近 30 个小时。头上是蓝天白云，路两旁是沙漠，每分每秒都有风景。那 10 多天，只要集体去唱歌，总有人争着抢着唱《下沙》，《下沙》的旋律响起，两三个麦克风就不够大伙抢，那场面可笑也可爱——对着屏幕上的歌词，一群人摇头晃脑高嚎着：“天空啊下着沙也在笑我太傻，你就别再追寻看不清的脚印。天空啊下着沙也在为我牵挂，把爱葬在沙里还有你的消息……”

十来年过去了，当年那些一起走在沙漠公路上的人，已各散东西。很多人的名字，我已记不得。然而，他们唱《下沙》的那些夜晚，怎么仍旧如在眼前呢？

奇怪的是，有那么几年，我确实跟“沙”有缘。2000 年 6 月，我跟一些人进入巴丹吉林沙漠，在 40 多摄氏度高温下，我们度过无法预知未来的艰难的 10 多天。还是在那年，8 月，我跟一批人去了干旱无比的阿拉善，在额济纳、黑城那一带的荒沙戈壁中穿梭数日。此后几年又去了几次新疆、甘肃、青海、宁夏、内蒙古，最深的记忆，还是在戈壁滩、沙漠边赶路又赶路。十来年过去，大西北留给我的印象，如果只允许用一个字来概括，“沙”可能是最佳候选。

那一趟新疆行，《下沙》的旋律像蛇一般钻进我心里。这些年，有过很多次，在一些嘈杂的商场超市小饭馆，一向耳力不佳的我，总能捕捉到某个角落有人正唱《下沙》。寻声而去，结果常常能印证我的判断，“就像黑夜和白天相隔一瞬间，明知道说再见再见面也只有明天”，对，正是这首《下沙》。

当然了，后来，慢慢更多地知道游鸿明，知道他是台湾资深的创作型歌手，知道他游历过五大洲，知道他才情不凡作品颇丰。可时至今日，他的歌，我记得牢的，还是只有《下沙》。

这些日子，我被大学同学拉进年级微信群，每日作壁上观。从早到晚，群里都没闲着，回忆，唏嘘，调侃……一切对话近似于当年学校熄灯后每一间寝室都会上演的“卧谈会”，那段在校岁月，大伙恨不得聊至“死无葬身之处”，从当年的懵懂、无畏，到各自的初恋、暗恋、失恋。对他们——其实是我们，最容易总结出的相似点，是那4年，我们每个人，都有过一个或者N个无法忘记的人，有过一个或者N个无法忘记的故事。

前几天发现，车里的移动U盘中竟然有《下沙》，这个发现震惊了我。此后两天，我的车里反复放着《下沙》。

“每个人都有无法忘记的人，思念会像细沙穿过你的灵魂，轻轻开了门只有风雨声。我觉得爱情让人变得残忍，原本相爱的人变成心头的针，越是爱得真越是伤得深。”听着这歌词，想起微信群里同学的“卧谈会”，那一刻，我很想轻松地哈哈一笑，但不知怎么，却有掉泪的冲动。一群已届不惑的人，还能如此追忆流年往事，既可爱，亦可叹，因为，很遗憾，爱情太短，而记忆太长。

只是，那歌里说得不对。让人变得残忍的，不是爱情，而是时间。

（发表于2013年3月19日）

他们显然已经忘了《狂流》

齐秦一首早期的歌《狂流》，最近重新进入人们的视线，那一夜，我突然觉得，好像还是可以聊聊齐秦，聊聊《狂流》。

把《狂流》重新带回人们视线中的，是羽泉。那是某档歌艺比赛的一个专场，主题是向齐秦致敬。于是，我听到了阔别多年的《狂流》。

微博是个奇妙的玩意儿，搜了一下，发现我竟然写过这样一条微博："正昏昏欲睡，突然醒了，'没有人能挽回时间的狂流，没有人能誓言相许永不分离……’正如电台 DJ 所说，‘很多三四十岁的人听到这歌，都会想起自己的学生年代’，《狂流》是当年听齐秦最喜欢的歌之一。”这条微博，上传于 2011 年 10 月 8 日。写之前我想不起听过《狂流》，写之后我还是想不起来。

事实上，自打离开大学，我与齐秦的歌的关系，最贴切地说，是“路过”——广播里路过，电视里路过。每当有齐秦歌曲响起的一瞬，我的精神也会为之一振，迅速全神贯注。歌毕，原有的一切迅速复位，该干活干活该吃饭吃饭，至于齐秦，他继续留在越来越远的记忆里。

对我来说，聊齐秦，就会连带着一个年份，1987。这一年，他有了《冬雨》《狼Ⅱ》等专辑。跟《狂流》一起收在《狼Ⅱ》里的，还有《花祭》《自己的沙场》等。1987 年，我上高中，而狂听《狼Ⅱ》，是在几年后的大学里。

无理由地向往北方，于是跑到离家很远的北京上大学。不出几个月，就领教到北方冬天的凛冽。每晚，顶着刺骨的北风，去上选修课或去图书馆看书。走在路灯昏暗的校园里，孤单，是至今仍刻骨铭心的记忆。那个冬天，我 18 岁。

似乎就是从入学的第一个冬天起，发疯一般开始听《狂流》，听《冬雨》。“北风在吹着清冷的街道，街灯在拉开长长的影子。走过的路，想过的事，仿佛越来越远越来越长越来越多越难以抛开……”当年，学校按年级划分宿舍楼，一个楼里，住着 1000 多个同年级男生和女生。那样一个年纪，浸透着“孤单”“伤感”“聚散”等气息的歌，最易让我们迷失。同学们的板砖式录音机里，齐秦永远是常客。我们总将爱听的歌放到最大音量，恨不得让满楼道的人都听到。《狂流》《冬雨》《花祭》《原来的我》《爱情宣言》《空白》等，都在其中。

齐秦，他实在有太多太多的代表作，在 20 世纪 80 年代和 90 年代，以至于他的歌迷不分老少，不分男女。但爱听他的什么歌，还是成了粉丝之间一条清晰的“三八线”。一个同龄人在车里放了一张齐秦的 CD，里面 17 首全是老歌，其中就有《狂流》。他的很多年轻同事也爱齐秦，但他们从没听说过《狂流》。同龄人说这事时，用了“竟然”二字——“他们竟然都告诉我，没听过《狂流》！”

在那档比赛中翻唱《狂流》的羽泉说，很多人显然已经忘了《狂流》，然而，《狂流》却是当年他们初识齐秦音乐的挚爱。这话让我对羽泉又添几分好感——原来，我们有过如此相似的青春，唱歌人与听歌人的共鸣，有时来得就是这么简单。

我毕业离校后，就不再买齐秦的歌带了。听说他陆续又推出很多新歌。在广播里，在电视上，我陆续认识着这些将他送到新的事业巅峰的歌，《无情的雨无情的你》《往事随风》《不让我的眼泪陪你过夜》《夜夜夜夜》……柔情依旧好听依旧，然而，当年被板砖式录音机最大音量放着的《空白》《原来的我》《爱情宣言》里头的那种亲切熟悉感，我却怎么也找不着了。2003年的春分那天，齐秦在首都体育馆举办演唱会，我在现场，眼睁睁地看着他无奈地老去。

最近10年，我开始害怕看在各种秀场有气无力地翻唱着《月亮代表我的心》的齐秦，高亮的音色不再，不羁的气质不再，只剩下越发黝黑的肤色和越发喑哑的嗓子。时间改变了他的容颜，荡涤了他身上曾有的叛逆。他的歌声，还有忧郁与柔情，只是不再有抵抗，而是千帆过尽，风平浪静。

而我们，又何尝不是如此。如果不是齐秦的这个专场，《狂流》注定会被我继续淡忘在非常遥远的20年前。

我在周日夜里开始复习《狂流》。我心绪平静地按下了播放键，“北风在吹着清冷的街道，街灯在拉开长长的影子”，呼啸的北风，校园的马路，昏黄的路灯，楼道里的嘈杂，隔壁水房的洗衣声，窗户外的吉他声……20年前的一切，如电影一幕一幕从心头上滑过，“没有人能挽回时间的狂流，没有人能了解聚散之间的定义，太多遗憾，太多伤感，留在心中，像一道狂流”。在齐秦1987年原版的歌声中，我眼泛泪花。

（发表于2013年4月16日）

因为深爱，所以沉默

前些日子去台湾自由行，某天特地包了一部计程车，赶往距台北市中心60公里的金宝山公墓的“筠园”，歌后邓丽君长眠于此。到台湾看看筠园，是我此趟旅行诸多心愿之一。

赶到筠园时，天色欲雨。暮霭下的筠园静悄悄的，色彩斑斓的鲜花，环绕着邓丽君的雕像。她笑意吟吟的相片，嵌于墓碑之上，四周是人们送来的各式捧花。从早到晚，筠园循环播放着她的代表作。每天总有来自不同国家不同地区的歌迷，前来看望这位永远的偶像。

带我们来的计程车司机年过六旬，是在襁褓里随父亲来台湾的东北人后代，曾做导游几十年，但也已有七八年不来金宝山。遇到我们之前，他刚刚拒绝了几个日本人要来筠园的要求。但他说，你们从北京专程来看“邓小姐”，我就一定要送。他说，在台湾，已经有不少年轻人，从来想不起来要看看“邓小姐”。

时光荏苒，到今年5月8日，邓丽君离开这个世界已经18年了。倘若她还在世，她已年过六十。但猝然离世，让她的美丽，从此定格在42岁。

20世纪60年代末70年代初出生的那代人，在其青春期里有至关重要的影响力的，是罗大佑的音乐。而陪伴他们的父辈那一代，更多的是邓丽君的歌。我接触邓丽君的歌，正是因为我的几个舅舅、阿姨。

听邓丽君的歌，始于六七岁。那时，外婆家里有五颜六色的各种磁带，所有权归属我的几个舅舅、阿姨，那时他们都是二十挂零三十不到的年纪。在这些五颜六色的盒带里，就有邓丽君。

那个时候，邓丽君的歌刚刚进入大陆，还被某些人视为“洪水猛兽”“靡靡之音”。“今宵离别后，何日君再来？喝完了这杯，再进点小菜，人生难得几回醉，不欢更何待”，更被视为“黄色歌曲”屡遭批判。听邓丽君、龙飘飘、凤飞飞、刘文正，在那时，还不可以光明正大地把音量肆意开到最大。邓丽君、龙飘飘、凤飞飞、刘文正们的盒带从哪里来？这至今对我来说都是一个谜。

如今我的年龄，早已过了带我听邓丽君的歌的舅舅阿姨们当年的年纪，而我还是在听邓丽君的歌。只不过，当年的盒带，一年年换成了版本不一的CD、DVD。直至前些年，一个热爱《海韵》的朋友，听我无意间提起《海韵》，这朋友像找到失散多年的组织般欣喜，特地给我送来全套的《怀念邓丽君超值珍藏版》，10张CD、5张DVD、100多张邓丽君的照片，它们成了我书架上各种音碟里的最宠。

也因此，你可以想见，邓丽君的千余首歌，我听过多少；而她为数众多的代表作，每一首，我又听过多少遍。所以，任何时候你来问我最爱邓丽君的哪首歌，我都给不出答案。在KTV，我跟朋友们点唱最多的，是《星》《在水一方》《千言万语》《我只在乎你》《再见！我的爱人》《漫步人生路》《何日君再来》《小城故事》《又见炊烟》《甜蜜蜜》……可是，《船歌》《云河》《海韵》《襟裳岬》《忘记他》《南海姑娘》《小村之恋》……也一一是心头爱。对邓丽君，没有最爱，只有更爱。

这么多年过去，写过的文字，从来不敢触碰邓丽君。因为深知，再如何用情，我都无力写出邓丽君歌曲在我心中的最真实分量。这一认知，坚定不移，直至此刻。因为深爱，所以沉默。对一些人，对一些记忆，不触碰，不翻开，或许才是最好的守护，难道不是？

最近几年去KTV，朋友们如果鼓动我继续唱邓丽君，我多半会选择《再见！我的爱人》。“Goodbye My Love 我的爱人再见，Goodbye My Love 从此和你分离，我把一切给了你，希望你要珍惜，不要辜负我的真情意……”看过邓丽君某年在香港的演唱会，返场曲，就是《再见！我的爱人》，歌至半程，她已潸然泪下。

一个十几岁成名的美丽女子，一个声名远播华人世界的歌者，寂寞无对手，情到深处人孤独，邓丽君的眼泪，有多少是为自己而流？

在这趟台湾行之前，我向往筠园多年，但总不大相信这辈子有一天我会来到邓丽君的安眠地，听一听筠园里时刻响起的邓丽君的歌声。但这个小心愿竟然就在她离世18年的今天实现了。看来，世间事未必绝对，当下如此，未来难料，正如邓丽君在歌里所唱的，我们尽可理性认识到“我的爱再见，不知哪日再相见”。即便如此，也不妨在心的深处还藏有一丝丝乐观，“我的爱我相信，终有一天能再见”。

（发表于2013年6月4日）

《爱》在记忆的炎夏里

最近 7 年，空闲下来，有时会突然想起一首歌。尤其到了夏秋，当“炎夏”“秋凉”这些字眼被大家念叨得我耳朵快要起茧时，脑子里蹦出各种胡思乱想，常常包括了这首歌。

歌的名字只有一个字，《爱》。

至今记得清楚，知道这首歌，是在 2006 年的盛夏。一场音乐选秀，一个叫尚雯婕的参赛选手唱了这首歌。我在电视机前一字一句认真听完了它，上网“做功课”，才知道它叫《爱》，最早唱它的人是莫文蔚。对很多新歌，我从来后知后觉，《爱》即如此，而一经认识，便从此爱上，义无反顾。

我不是莫文蔚的粉丝，但也很清楚，莫式情歌之多一抓一把。跟人闲聊到莫文蔚，他们提及的莫氏情歌，排名前三的，绝对轮不到《爱》。我总是跟他们聊到这首歌，但大多数时候，我得到的回馈，还是对方一脸的茫然。

好吧，让这些粉丝继续茫然去，我还是执着地认为，《爱》是莫文蔚唱过的歌里，词最经得住琢磨的一首。当我将这首歌贴到微博上，终于有一个小我10岁的妹妹跟帖说，这歌听着听着就会流泪。那一刻我知道，一首好歌，就算它再冷门，在这世界的某个角落，总会有它的追随者。

"你还记得吗？记忆的炎夏，散落在风中的已蒸发，喧哗的都已沙哑。"《爱》的开端，如同一个戏剧小品，故事安静展开，时间流逝，渐行渐远的男女越来越模糊的悲痛，越来越明朗的坚定。

当然，这些只是我作为听众的意会。曾经听过这样一个版本，说《爱》的歌词应该源自杜拉斯的小说《爱》，就像莫文蔚的另一代表作《广岛之恋》源自杜氏同名小说一样。是这样吗？我不知道。但如果非要拽上杜拉斯，那么，《爱》的歌词，显然比杜拉斯直白得多。《爱》的歌词，媲美朦胧诗，意境抽离，用词内敛，却也不艰深难懂，逐字逐句，像极了电影分镜头剧本。开篇虽是“记忆的炎夏”，却让人体会到阵阵秋意浓。

貌似漫不经心甚至还带点冷漠的“莫式唱腔”，总能把一首歌唱得像一个奇幻的迷宫。而《爱》，正是这样一个迷宫——先是细腻吟唱，轻轻发问，直至歌的中段，鼓点加入，压抑已久的情绪尽情宣泄，最后一段，回归寂静。

让我印象深刻的是，自身创作颇丰、在专业上自视甚高的音乐人汪峰，在一次电视访谈节目上，竟然也翻唱了这首《爱》，足见这首看似冷门的歌，在某些人群中的魅力。

在初识《爱》的2006年，它很快成为我的“私房音乐”，那些年，我把它放到博客音乐库里，循环播放，我的数首手机彩铃，《爱》占其一。

然而，近些年我听歌的心思，越来越没了，主动去听《爱》的次数，更是少之又少，如今听它，也不过是偶尔“路过”，我依旧有感动，但不再有流泪的冲动。

《爱》有它的“孪生姐妹”，曲子一样但歌词不同，那个版本叫作《赶路》，唱它的人叫陈晓娟，而她正是《爱》的曲作者。“用右手跳舞，用左手走路，我踩着不成调的音符，哀悼远离的痛苦。在过去伤心，也在回忆开心，我让旧皮箱装新行李，在另个雪地里旅行。幸福是新的包袱，风景是行走的树，勤于赶路，胜过徒留感触。爱情是新的窗户，你是我旧的礼物，恋栈感触，不如赶路。”听着熟悉的《爱》，比照一下陌生的《赶路》，那种感觉，还是蛮有趣的。

每天的日子就像赶路，路上遇见风景，停下来，歇歇脚。于是，比起一些人，我们走得慢了些，比起不绕路不停息的快行者，歇脚看风景的人，得到的胜利奖赏，自然少了些。

有些情感，就是这样一些风景吧？“假如我不曾爱你，我不会失去自己”，世间没有假如，所以，这个假设，是个伪命题。爱就爱了吧，你的一些行程确实是耽误了，但“耽误”何尝不是活着的一种代价？风景看过，你就算再好奇“我终于没选择的分岔，最后又有谁到达”，我劝你还是继续赶路吧。你这样想好了，没结果的花，它毕竟也是花，未完成的牵挂，毕竟也是牵挂。而我们，确实需要学会许多说法，来掩饰不碰的伤疤，没有办法，因为我们不再年轻。

（发表于 2013 年 8 月 13 日）

听到《消息》已十年

一直想写一写张宇的歌。每每刚开个头旋即词穷。总是这样想：如果写张宇的歌，不会是《雨一直下》，不会是《用心良苦》，不会是《一言难尽》，而是一首叫作《消息》的歌。《消息》，你听过吗？

第一次听《消息》，距今正好10年。2003年的春天，在一些地区，一些人被一场突如其来的非典无情击倒，每日里总传来一些让民众悲痛的坏消息。凤凰卫视每天播报非典新闻，会伴随一段背景音乐，那是一首慢歌，

“如果说再见是你最后的消息，为何我怎么想也想不起，你当时的表情，你当时的心情……”那首慢歌，从歌词到旋律，有格外浓烈的离愁别意。

反复听着那段哀怨的背景音乐，我终于记下其中的几句歌词，上网仔细搜索，知道了那首歌叫《消息》，唱它的是台湾音乐人张宇。在那样一个特殊时期，这首《消息》牢牢抓住了我。

那时候我并不知道，其实早在 1996 年，《消息》这张专辑就已上市并收获音乐奖项若干，这不重要，因为，“好与不好”的判断，我的标准向来简单——在未经设计的某个时刻，你与它一见倾心，它跟你的气场很搭，那它就是好的，一样物件如此，一段感情如此，一类音乐也如此。《消息》，正是这样的好音乐。

2008 年 5 月，四川汶川突发大地震。在全民救灾的日子里，一些电视台的救灾报道却看得我如鲠在喉：各路救灾特写的画面，均配了背景乐，节奏强劲，鼓点、节拍无不近似于“进行曲”，亢奋得很。一场大灾，有生命消逝的巨痛，有迫在眉睫的救灾，然而在进行曲式的背景乐衬托下，顿时变味为“斗志昂扬”。每天看电视里的救灾场面，听那不合时宜的“进行曲”，我总禁不住怀念起那首饱含思念、低调深沉的《消息》。它在非典那段特殊时期，唱出很多人的心声——无奈，难过，深深的不舍。

总是这样，会在某个时间段，沉浸于某类音乐而无法自拔，也许有理由，也许没有。最近我才知道，原来，有这些古怪习惯的人，并非独我一个。比如，同样在非典肆虐的日子里，我喜欢上张宇的《消息》，而一位平时嬉笑怒骂貌似不羁的男博士，那段日子里一直在听的，竟是莫文蔚——莫文蔚那张名为《I》的CD。让我们魔怔了的，也许是藏在音乐里的某个小精灵，它长什么样，只有我们自己知道。

我车里常年放着很多老歌手的CD。好多次，我会特地挑出张宇的CD，只为了一边开车一边听《消息》。我会给这首《消息》按下“重放键”，让这些歌词和旋律，一点一点填满只有一个人的车厢。人总会有这样的时刻吧？恍恍惚惚，状态游离，只想独处。这个时候，《消息》是一个最不会打扰你的伴侣。

《消息》的开端，低唱浅吟。歌至中途，音阶渐高，主人公一直压抑着的情绪，一点点剥落着、宣泄着。“如果说再见是你唯一的消息，我仿佛可以预见我自己，越往远处飞去，你越在我心里，而我却是你不要的回忆”，随着这样的歌词与旋律，你尽可展开想象的翅膀，勾勒你所理解的故事脉络。然而，听《消息》已10年，至今我依然难以说清，《消息》里讲述的究竟是怎样一个故事，是恋人分手，还是游子离乡？

过去20年，因为职业原因、兴趣原因，陆陆续续走过一些地方，有一个很真切的感受，就是身处异乡时那种“不必参与”的乐趣。那些大街小巷都是陌生的，身边来来往往的人都是陌生的，他们的语言，可能你一句都听不懂，他们的生活，与你无关。你只需面带微笑，远远观望他们就够了。大多数时候，走自己的路，看陌生的景，想自己的事，平日里困扰你的一切烦恼，此时离你很远——至少暂时看上去是这样。

这样一份稳稳的从容，或许正是我年轻时喜欢远行的原因。所以，每一次听到《消息》里这样唱，“这样也好，我的远行回程就放弃，一站一站带着伤心一路走下去，让异乡我不熟悉的言语，说他们的悲喜，而我再也不必参与……”，每每心有戚戚焉。

或许实在是因为第一次听到《消息》的时间有些特殊，从听《消息》的第一次起，我就从未认为它是一首情歌。歌里那位一边走一边回首往事的主人公，更像是一个背井离乡的游子，频频回首故乡，遥祝故人。

与音乐相伴的日子一路过下来，我越来越觉得，所谓的一些小惊喜小幸福，不过就是：在一些未经刻意设计的时刻，能与一些你所不知道的音乐邂逅，成就一段“艳遇”；在一些未经刻意设计的场合，能与一些你以为已淡忘的面孔不经意相逢。10年前，我邂逅了《消息》，10年后，会不会有一张曾经相识的面孔，突然在不经意间向我走来？

（发表于2013年9月24日）

李宗盛：必修课中的自考题

大学时代在同栋宿舍楼男女混居数年的十来个同学，11 月中旬相聚首都体育馆，同看李宗盛演唱会。那晚的歌声，记忆犹新：成百上千的荧光棒一齐挥动，现场万人大合唱早早始于第四首歌《生命中的精灵》。台上“小李”唱至《领悟》，满头斑驳白发的他顷刻泪奔。《问》《鬼迷心窍》《寂寞难耐》《我是真的爱你》《山丘》《我是一只小小鸟》《给自己的歌》……近 3 小时，30 首歌，旋律大不同，主题却相似 —— 李宗盛给大家设定的“自考题”，“既然青春留不住”。

关于李宗盛，要说的太多。夏天，他的新歌《山丘》一经推出，即成很多人的“心头爱”。在我看来，《山丘》绝对是2013年度华语音乐的最高峰。此番11月演唱会的尾声，《山丘》点燃全场第N轮共鸣，万人跟唱《山丘》，场面感人至深。

最近两年，偶尔会回看自己的前40年，每一次的心情，都是费翔老歌里的那两句词，“我曾经豪情万丈，归来时却空空的行囊”。而把如此心境写到极致的，思来想去，真的只有李宗盛，比如，他在11月演唱会上的压轴曲《给自己的歌》。

“想得却不可得，你奈人生何。该舍的舍不得，只顾着跟往事瞎扯。等你发现时间是贼了，它早已偷光你的选择。”这样的歌词，放在十几年前，我未必愿意沉下心琢磨，也一定不能品出其间况味。但当我不情不愿而又无可奈何地迈过40岁这道坎儿后，就在某一个听歌时刻，不经意间发现，这些歌词，写的分明是自己。

大多数人的年轻岁月，大概更像李宗盛的另一首歌

《与自己赛跑的人》，“我们都是和自己赛跑的人，为了更好的未来拼命努力，争取一种意义非凡的胜利。我们都是和自己赛跑的人，为了更好的明天拼命努力，前方没有终点奋斗永不停息”。就这么跑啊跑，转眼跑到中年的门槛，回头看，那种“意义非凡的胜利”争取到了吗？那种“意义非凡的胜利”是什么？类似的疑惑，你有没有？

不再向往与自己赛跑，找一处安静角落听几遍《给自己的歌》会更有趣。“是不能原谅，却无法阻挡，恨意在夜里翻墙。是空空荡荡，却嗡嗡作响，谁在你心里放冷枪。”同样是这一串文字，不懂与懂得，两者间的距离，很多时候就是两个字，“时间”。

曾经有人来问我，一个中年人如果还说“一夜长大”，会不会很可笑，会不会很无耻？我被这个问题问得一时无语。可如果不可以这样说，那个中年人还能说什么？我们总是爱用各式各样的漂亮辞藻来蒙蔽自己，往事随风，往事不要再提，人生几多风雨，等等。但是，当更多真实一点一点地向自己走来，所有的自我蒙蔽，不堪一击。

前不久，很偶然的原因，跟几个熟人吃了顿简单晚饭，那顿饭的珍贵，是几个人安静地聊了一些心里话。这几个人彼此认识的时间，长的20年，短的16年，有多久没一起谈心？往短了说，至少也快一年了。在越来越疏于联络的最近几年，每个人的际遇，越来越不同。但在我看来，每个人，走到哪一步，定有他或她的原因与道理。无论他或她身处哪个位置，各有各的不易，各有各的煎熬。吃得苦中苦，方为人上人。有时候，多数人眼里的“得”也是一种“苦”，多数人眼里的“失”却未必不是一种“乐”，所以，如果你吃不了各式各样的“苦中苦”，就认命，选择忠实自己，寻找自己的小快乐。安静地活，怎么就不是福气？

而小快乐随时随处可寻，只要你自己愿意。就比如这个刚刚过去的11月，我无意间给自己设计了一个“文艺月”：月初，去看俄罗斯3D“土豪”电影《斯大林格勒》；9日，第三度温习话剧《两只狗的生活意见》，看其千场纪念演出；16日，与大学旧友围观李宗盛；

19日，看巨幕版《地心引力》；月底，看两大银幕硬汉联袂《金蝉脱壳》……走进剧场，走进影院，一个个平常日子，一下子就涌来了那么多活色生香。

“岁月你别催，该来的我不推，该还的还，该给的我给。岁月你别催，走远的我不追，我不过是想弄清原委。”《给自己的歌》的这份坦然，这份无所谓，应该成为中年人的必修课。甚至，我都不认为，人到中年的我们要去“弄清原委”。该还的还，该给的我给，足够了，凡事要弄清原委，未免活得太累。

（发表于2013年12月10日）

一个人在北方听《南方》

大学年级微信群里，住在广州、深圳的一些同学纷纷说自己病倒了，原因是刚刚过去的那几天，岭南一带的气温跟坐过山车似的，一夜间从二十六七摄氏度骤降到五六摄氏度，很多人扛不住了。不独岭南，贵州等地的凝冻天气也似有加重之势。这让很多人的记忆走回到南方低温雨雪冰冻灾害严重的2008年年初。

微信群里同学们聊起南方冬天的记忆，都逃不开“潮湿”“阴冷”“多雨”这类字眼。江西籍同学说“哪哪都冰凉冰凉，从早到晚就没觉得哪儿暖和”；重庆籍同学说“进被窝前难受，进了被窝也难受，出被窝时还难受”……闲扯中，南方的冬天，在各自的记忆中一点点生动起来。

关于南方的音乐很多，其中有一首歌我喜欢了好些年，歌名就叫《南方》。“我住在北方，难得这些天许多雨水，夜晚听见窗外的雨声，让我想起了南方……”歌词让人很容易就把自己“送”回记忆里的南方。

我就是住在北方的一个南方人。这个冬天北京的雨水格外少，马年春节前的很长一段时间，北京一直无雪，城里甚至连雨点都貌似没下过。在格外干燥的冬天，每天在这座北方城市里穿梭，呼吸着烧焦味浓烈的空气，路两旁是光秃秃的树干，头顶上常是灰沉沉的天，进得屋里有让人迫不及待脱去厚厚外套的暖气……这一切，让我基本想不起那个潮湿阴冷、有着各种颜色的南方。

父母的家在南方，而我在北京的生活已经迈进第25个年头。过去的24年，我回南方的频率在锐减，从每年寒暑假各回一次，到每两年回一次，到每隔三四年回一次。早前的工作性质经常出差，即便不去家乡广东，也至少能经常走进同样气候湿润的其他南方省份，呼吸到南方空气中的湿气，踩一踩南方终年湿漉漉的地面，看看南方常年不败的红花绿树，围坐在街角的小吃摊边大快朵颐……但最近 10 年，父母早已离开内地，我去南方的次数也一少再少。

去年，一些初中同学把我拉进了一个聊天儿群，群里都是当年总在一起玩耍的男生女生，很多人的名字我还记得，但走在街上是断断不敢相认了。他们中的大多数人一直没有离开过广州。每天看他们在群里用广州话发音打出来的一堆堆“汉字”，我得在脑中迅速换一个“思维轨道”才读得懂他们的各种叽叽喳喳。那座我越来越少去的广州城，随着这些外人看来如同“火星文”的“广州话汉语”，似乎也亲近了很多。最近，他们又把我拉到另一个联络群，我也还会进群看看他们又都说了什么。这些微信群，确实让我“想起从前待在南方，许多那里的气息，许多那里的颜色。……那里总是很潮湿，那里总是很松软，那里总是很多琐碎事，那里总是红和蓝”。

前些天看中央电视台的春节特别节目，说到我的出生地汕头以及汕头的诸多美食。在镜头里，汕头老城里的老街老巷，斑驳的旧院门，永远潮乎乎的地面，各式各样鲜鱼配搭的鱼火锅，比乒乓球还大的著名的达濠肉丸……看着它们，我火速冲到电视机前，恨不得电视机里能飘出这些属于老家独有的美食味道，那是如假包换的南方的味道。

在《南方》这首歌里，主人公的“第一次恋爱在那里，不知她现在怎么样，我家门前的湖边，这时谁还在流连”。与歌里主角不同的是，我的恋爱不在南方，而在北方。南方只记录下我的幼年、童年与少年，南方给我的记忆因而既多样也单纯，那些记忆，是美食，是懵懂，是玩耍，是各科的好成绩，是轻松多于沉重，是快乐多于哀伤。

听《南方》的频率，其实不高。它的原唱，达达乐队及其主唱彭坦，我不熟悉，《南方》几乎就是我对他们的唯一了解。不知不觉，这首歌也已10岁。这些年，在广播里，时不常能听到它，每一次我会迅速把音量开大，听主唱彭坦轻吟低唱，慢慢地，迎来渐密的鼓点，到最后高昂的收尾，“时间过得飞快，转眼这些已成回忆。每天都有新的问题，不知何时又会再忆起南方”。

不错，每天都有新的问题等着我们——越来越多的做不动的家务，越来越不明朗的前景，越来越衰老且固执的父母，越来越僵硬的我们的内心……我在远离南方的北方迎来中年，但那些永远留在南方的童年与少年，却又时常因为一些老音乐一些新故事而重现眼前。对很多人来说，成长的记忆，终归会化作莫可名状的惆怅。

“就这样一天天浪漫，就这样一天天感叹，没有什么是最重要，日子随着阴晴变幻”——其实，歌里写的那一个“那里”，早已不仅仅是南方，而是所有人心底或明显或隐约的那个伊甸园。现实不免琐碎烦乱，总是需要借助一些回忆，去给自己一个希望，等待有一天，能回到自己的南方。

（发表于2014年2月18日）

人生输赢在《向往》里听懂

3 月 21 日，春分，那晚春风沉醉，我跑去看《白日焰火》，一部刚获得柏林国际电影节最佳影片及最佳男主角奖的国产电影。

影片将至尾声，空荡荡的舞池中，男主人公手夹香烟，眼神迷离，肥硕笨拙的身躯摇摇晃晃扭动起来。让我在影院的座位上突然一瞬间腰板挺直的，是片中简陋舞池边一部 walkman（“随身听”）放出的舞曲，“梦乡，你站在我的前方，挡住我的去向。梦乡，听起来多么迷惘，我却不徬徨”。强劲的电声舞曲，熟悉的歌词，陈旧的气息，泛黄的往事，一切仿佛从时光隧道那头飞速呼啸而来。

是，这是旅日台湾老牌歌手欧阳菲菲早期的代表作，《向往》，老古董般的一首歌。

我把这首歌发到微博上，有人评说，“在舞厅里的那一段吗？编剧必然是下了番功夫”；还有人就此感慨，“有一种故乡叫梦乡。无论身在何处，只要安然入梦，虽不知南北，醒来就可给自己一个鲜活如初的清晨”。

看电影时，只想起这首歌的名字，想不起谁是原唱。片尾长长的鸣谢字幕，帮我找到答案，欧阳菲菲。很早就知道她，以磁性嗓音著称，擅长抒情歌曲及动感舞曲，其代表作还包括《逝去的爱》《热情的沙漠》等。而《向往》这张专辑，它的出品时间竟然那么早，1976 年——那一年，《向往》轰动了台湾流行乐坛。说来，这首歌也快 40 岁了。

想不起第一次听《向往》的时候我多大，但这首歌在我 10 岁前后的那段岁月，确实时常萦绕耳边。18 岁前我在广东生活，当地受到港台歌曲的“侵袭”较早，那时候，各种“砖头式”录放机在大街小巷某个角落放出的“高分贝”里，往往少不了这一首《向往》。

20世纪八九十年代，内地城市不分大小贫富，一道共同的风景线就是，歌舞厅、迪厅、酒吧遍地开花。随便走进一家，一定会与《向往》不期而遇。在《向往》强劲的鼓点中，在昏暗的光线掩护下，青年男女们跳进舞池，霹雳舞、迪斯科、平四……一时间，“群魔乱舞”。甚至，20世纪90年代末到21世纪初，我去西部一些县城出差，类似的场景还时时能在当地的歌舞厅里见到，而彼时彼刻播放的舞曲，总会有《向往》。欧阳菲菲有“超时空音乐女王”美誉，特立独行，引领潮流，歌如其人，《向往》在当年就是这样。但因为我那些年的西部县城所见，关于这首歌的记忆，又总会裹进浓浓的县城文化气息。

都是很久远的事了。如今，重新听《向往》，依然会眼前一亮，备感新鲜。歌至中间，欧阳菲菲唱到“每当我走进梦乡，你在我身旁。每当我走出梦乡，你不知去向”时，她以饱满的气息把“向”字拖出了一个有力的长音，然后突然放出一个“啊”字，一锤定音，干脆利落。那一刻，歌里仿佛站着一个性格坚韧的女子，执着理想，执着于爱情，但又勇于担当，拿得起放得下。等待这一发声性感的“啊”，是每次听《向往》最令人期待的一刻。

《白日焰火》中，故事的发生地，是1999年至2004年的哈尔滨。影片中那穿城而过的小火车，吭吭哧哧，破败不堪，但总是很准点；灰黄的建筑，白里掺黑的残雪，踩上去吱呀作响的结冰路面……这座城市在20世纪末21世纪初新旧经济交替中那一瞥老态、那一抹情绪脉动，尽在不言中。片中选用了好几首极富年代感的老歌，其中的《向往》在那样一个城市的一个小舞厅里出现，我想说，这一幕，真的很搭很默契。

我的不少同学那几天纷纷去看了《白日焰火》，同学微信群里的话题，就扯到了这一首《向往》。“廖凡（男主角扮演者）跳舞那段，那首《向往》很好听。”“亲切得我当场就想飙泪！”“上一次听《向往》还是中学时，今天看电影又听到它，深深感动。”“没听过这歌。但看的时候就觉得歌词符合男主人公当时的心情，气氛很合。”“情绪表达得特别好。歌声里，男主角流里流气的样子真是亲切啊！”

一位老友看完《白日焰火》后说，小人物想翻盘人生，如同摩天轮上的爱情，美好但却不知所措。人生一旦被套，翻盘不易，不如及时割肉。否则还是输，只是输得慢点且过程折磨。

“梦乡，我分秒都在等待，今夜走入梦乡。梦乡，因为那里面有你，所以我才向往。”在坚定有力的歌声里，影片男主人公沉醉于“一个人的迪斯科”，他的心境，伴随高亢飞扬的舞曲，狂乱无章的舞动，尽情宣泄。

“你还想赢得人生吗？不，我只是想输得慢一点。”这是《白日焰火》里男主人公的想法。时隔多年，因为这部影片，我得以听懂了《向往》。突然发现，男主人公的这一想法，也是今时今日我的心声。

（发表于2014年4月1日）

女人之《问》

最近收听广播音乐节目的次数极其有限，但竟然在不同频道的不同时段，听到同一首歌，“撞歌”不下三次，这情形，以往还真没有过。歌很经典，歌的主人曾经叱咤乐坛红极一时，然而时下音乐点播里的热门榜，早没了它与她的席位。这首歌，名字只有一个字，《问》；而唱歌的人，未必是很多人痴迷的，但一定是很多人都听说过的，她是陈淑桦。

终于，《问》的旋律飘荡在夜空中的第 N 个瞬间，我听到电台 DJ 夹杂于《问》的歌声里的轻言细语：“她已经走出人们的视线整整 16 年了，5 月 14 日是她的生日……”哦，原来如此，我终于捕捉到解惑的答案了。

第一次听陈淑桦的歌，并不是《问》，而是更多人熟知的《滚滚红尘》《你走你的路》《梦醒时分》《明明白白我的心》。尤其后两首一度走到哪儿都能遇上，这使得它们上了我心目中的“大俗歌黑名单”，听到就想捂耳朵。还好有《滚滚红尘》，喜欢至今，有段时间去 KTV，我还不时会想起点唱它。

而耳朵与《问》的第一次相遇，说来有些可笑。大概在七八年前，追看一部谍战剧，片尾曲是剧中女主角扮演者唱的，一听就是业余水平，但那歌可真是好听，我由每晚追看剧情变成每晚追听片尾曲。那部谍战剧的片尾字幕很糟糕，关于片尾曲，只有歌名《问》和那个业余演唱者的名字，不见词曲作者踪影。现在看来，那真是对词曲作者及原唱者赤裸裸的侵权啊。

一两年后，突然有一天在广播里听到了电台 DJ 放出了这首《问》，这才恍然大悟，原来，《问》是台湾华视版《神雕侠侣》的主题曲，是陈淑桦的原唱——她的代表作之一。

对《问》闹出这么大“乌龙”，足以说明，我有多么不了解陈淑桦。确实，从来都算不上是陈淑桦的歌迷。按理说，她童星出身8岁拿歌赛冠军，成名足够早，走红年头足够长，可在我的成长史中，她的歌，真的陪伴不多。

自从明白了《问》是陈淑桦的代表作，就对它有了期待。也许真应了那句话，“念念不忘，必有回响”，每当凑巧听到《问》，总有种久别重逢的狂喜。歌的开篇，连续多个“谁”的排比句，令人怦然心动。那时刻，我会希望面前的音响能再好一点，声音能再开大一些，好让“谁让你心动，谁让你心痛，谁会让你偶尔想要拥他在怀中……”的每一个字都填满周遭空间。听《问》，我经常忘了它曾是古装剧主题歌，反而常有时空穿越的恍惚，感觉歌里写的是一个都市女子，知性独立，略显冷峻，为情所困，有柔弱痛楚的瞬间流露，却也并不伤悲绝望。

从来没跟任何人聊过这首《问》。但这么多年，身边认识不认识的人，上演了多少与《问》中刻画的情感纠葛雷同的戏码？我是耳闻目睹太多了。男人还好办，多少还会以“忘情投身工作”当成自我拯救的救命索；相比之下，女人思维更偏执，情到深处更易孤独。而《问》中的执拗追问，夹带着不甘与难舍，这情绪未免偏于暗沉而不够阳光，于那些感情需要疗伤的女子，她们急需的是一抹亮色，而这首《问》，显然不是一剂对症的药。

作为陈淑桦的“伪歌迷”，这么些年，我只在一些零碎回忆里，才会发现，自己对陈淑桦这个名字的尊敬，始终存在。偶尔在某些场合和她的歌声遇上，就会立马想起，给我们带来过这么多从容、细腻歌声的女子，她有一头永远的短发，一张线条柔美的瓜子脸。

“只是女人，容易一往情深，总是为情所困，终于越陷越深。可是女人，爱是她的灵魂，她可以奉献一生，为她所爱的人。”人们总说一语成谶，是否也有“一歌成谶”？如今看来，将一曲《问》演绎得丝丝入扣的陈淑桦，当年的歌声里，早早地站着后来的她自己。因丧母而忧郁自闭并退出歌坛，16年来，她一直都是人们苦苦追寻期待再相逢的歌者之一。

音乐人罗大佑、李宗盛、周华健、张震岳四人的“纵贯线”组合，坊间一直流传两个成立原因：一是“救市说”，为唱片市场救市；一是“救命说”，希望以一起玩音乐的形式帮助他们的好朋友陈淑桦走出自闭症阴影。然而，“纵贯线”活跃于乐坛已经好几年，而陈淑桦始终不作反应，革命尚未成功，同志仍需努力。

“谁又在乎你的梦，谁说你的心思他会懂，谁为你感动？”这是陈淑桦之问，也是全天下的女人之问，但愿她和她们，各自已经寻得了满意的答案。

（发表于2014年5月20日）

一样的月光，不一样的日子

晚上刷朋友圈，看到一位前同事上传了一首大家再熟悉不过的歌，苏芮的《是否》。我跟帖说："一直喜欢它！"一位70后男同事紧跟一句："特别有感觉。"发帖人是60年代末生人，跟帖人都是70后，足见这首歌的古老。其实我心里是有一点点困惑的，眼下是世界杯期间，那位工作压力挺大还每晚熬夜看球的前同事，怎么此时此刻想起这样一首30多年前的情歌呢？

在微信上点开了这首《是否》，安静地听了几遍。

突然想起，在遥远的20世纪90年代末，这位前同事带着我们几个人，专访过来北京开演唱会的苏芮。问了苏芮哪些问题，苏芮如何回答的，完全不记得了，能确定的是，那个时候，与苏芮这一代歌者面对面，年轻的我们，绝对有朝圣者的心境。

重新听到《是否》，让人心里一动，我有多久不听苏芮的歌了？那个大器晚成、屹立华语歌坛30多年不倒的女子。

对苏芮开始留意，是受一位大学同学的影响。大概是1990年，我对苏芮这个名字，还很陌生。我的这位同学，能在不拿歌词的情形下，把苏芮的歌唱得几乎一字不差，这在“忘词大王”我的眼里，简直是个奇迹。我的同学音域并没有多宽，但每当给我们清唱苏芮的歌曲时，总有一种从容淡定的气场把你镇住。《车站》《谁可相依》《内心交战》《优柔的执着》《停在我心里的温柔》……这些歌名，如果不是苏芮的资深粉丝，你是不是都闻所未闻？一次次听同窗轻声清唱苏芮的歌曲，跟她一起聆听或高亢明亮或婉转低沉的“苏氏唱腔”，苏芮这个与众不同的名字从此印象深刻。

对苏芮，我绝对属于后知后觉。事实上，早在1982年，罗大佑、吴念真、李寿全等台湾音乐人为电影《搭错车》中所有插曲“包圆”了词、曲、编配，但谁来演绎他们的“心水作品”呢？他们找到了苏芮，那时的苏芮已30岁，出道10多年，在港台夜总会驻场演唱英文歌。随着《搭错车》的公映，影片里的《酒干倘卖无》《一样的月光》等插曲让她一夜成名。苏芮的盛名传入大陆时，正是大陆流行音乐起步的时刻，那时候，大陆多少个有名或无名的女歌手热衷于学她身着黑风衣，模仿她的摇滚台风，唱着她的歌，四处灌带子、走穴。

这么多年，每当在电视里看到苏芮，在收音机里听到苏芮，脑子里就会奔涌出她的无数个歌名，无数段旋律。她唱红的歌，实在太多，以至于我很难说清，最爱是哪首。

而她最广为人知也最具标签意义的“苏氏歌曲”，除却《亲爱的小孩》《沉默的母亲》，一定还少不了当初让她一夜成名的那几首电影插曲。相比《酒干倘卖无》，我会更钟情于那首《一样的月光》。“什么时候儿时玩伴都离我远去，什么时候身旁的人已不再熟悉。人潮的拥挤，拉开了我们的距离，沉寂的大地，在静静的夜晚默默地哭泣……”歌词是典型的罗大佑风格，想象丰富，大开大合，发问社会，针砭时弊，加上“苏氏唱腔”的激越与铿锵，总能让听者瞬间动容。

去年春天，我和朋友去台湾自由行。我们没有去成《一样的月光》里唱到的新店溪，但走在人流密集霓虹灯闪烁的台北街头、九分山城，年轻时熟记的那些台湾歌曲的歌词一句句一篇篇在脑海里苏醒过来，也包括了这首《一样的月光》,“什么时候蛙鸣蝉声都成了记忆，什么时候家乡变得如此地拥挤。高楼大厦，到处耸立，七彩霓虹，把夜空染得如此地俗气……”那一刻会恍惚，以为自己不在宝岛他乡，而在日思夜想的岭南家乡。

年轻时，我嗓子状况比现在好得多，还有勇气在歌厅里挑战一把《酒干倘卖无》，没觉得它的难度有多大。到了近年，不唱《酒干倘卖无》，我也还会点唱《是否》或《心痛的感觉》。但《一样的月光》至今不敢尝试。

它的慢歌部分适合中音，“一样的月光，一样地照着新店溪。一样的冬天，一样地下着冰冷的雨。一样的尘埃，一样地在风中堆积……”，大多数时候我不会犯怵，让我望而生畏的是快歌部分，那咬字的力度，那密集的鼓点，需要唱歌的人有不一般的气息与激情。热爱一首歌，但欠缺驾驭能力，多遗憾的事啊！

自从有了《一样的月光》，歌中“谁能告诉我，谁能告诉我，是我们改变了世界，还是世界改变了我和你”，就成为文青、愤青一路磕磕碰碰中向社会振臂发问的经典句式。关于它，我们从20岁出头听到四十不惑，但是，我和你，其实早已经不再是歌中说的“一样的笑容，一样的泪水，一样的日子，一样的我和你”了，我们的笑容与泪水，内涵变得复杂了，我们过着迥异的日子，慢慢地，我是我，你是你。不变的是，时至今日，“是我们改变了世界，还是世界改变了我和你”，这个疑问，依然深深驻留在我们每一个人的心底。

（发表于2014年6月24日）

海边追忆《似水流年》

在香港，我去了一个叫作梅窝的小渔村。虽是周六，走在梅窝村的林荫小道，也难得遇上几个人。那天的微信朋友圈，很多人在晒青岛、秦皇岛海滩人流如织的盛况。而在这个偏僻的小渔村，海泳设施一应俱全，海滩边烧烤公园里，若干老外在安静地烧烤、聊天，海滩上人影寥寥。

坐在海滩边树荫下，海面就在眼前，闻着海水、海风的味道，香港电影《似水流年》的一些画面在脑子里模模糊糊地浮现，影片结尾处响起的那首粤语歌，“望着海一片，满怀倦，无泪也无言。望着天一片，只感到情怀乱……”自自然然地在心底响起。

《似水流年》是香港“新浪潮电影”的开篇之作。片子讲述一位香港女孩回到家乡潮汕地区的故事，影片中一派田园风光，情节似有似无，风格诗化。在1985年香港电影金像奖评选中，《似水流年》从影片到导演到编剧到美工到主要演员，大奖拿到手软。而由香港歌手梅艳芳演唱的片尾曲《似水流年》，也拿下1984年度香港十大劲歌金曲、香港十大中文金曲、白金唱片等大奖。

我对梅艳芳的知晓，自《似水流年》这首歌伊始。零零碎碎的记忆里，影片结尾，小木船在水面上渐行渐远，此时，梅艳芳浑厚低沉的歌声从远处飘出：“我的心又似小木船，远景不见。但仍向着前，谁在命里主宰我，每天挣扎人海里面……”

看完电影，我痴迷上这首《似水流年》，用最快速度学会了它，没事就哼哼，“心中感叹似水流年，不可以留住昨天。留下只有思念，一串串永远缠，浩瀚烟波里……”香港作词大师郑国江结合日本作曲家喜多郎的旋律配的词，满满都是岁月历练后的沧桑，被当时才十来岁的我天天哼唱，很有违和感，旁人听来应该觉得滑稽，但我就是没道理地喜欢。直到多年后，毕业了工作了，遇上朋友们一起唱歌，起哄我选粤语歌，我的第一反应，还常常是这首《似水流年》。从认识它，到今天，整整30年。

《似水流年》被香港乐坛三大“天王级”人物谭咏麟、张国荣、陈百强先后翻唱过，但我最爱的，还是电影中的梅艳芳版本，它成就了我对阿梅最好也是最深的印象。后来我才知道，梅艳芳因演唱徐小凤的《风的季节》在1982年的香港歌赛里夺冠，此后事业如日中天，被香港舆论誉为“香港的女儿”。很长一段时间里，内地很多女歌手在演唱风格、外表“包装”上也竭力模仿梅艳芳，不少人以“某地梅艳芳”引为荣耀。

舞台上的梅艳芳像个百变女郎，时而妖女时而淑女。她的快歌如《淑女》《坏女孩》《蔓珠莎华》《似火探戈》《烈焰红唇》等浓情似火，深得年轻人的欢心。

但是，无论是在少年、青年，还是如今步入中年，我从来都更偏爱她的慢歌，从《似水流年》《逝去的爱》，到后来的《似是故人来》《夕阳之歌》《亲密爱人》《女人花》等，浅吟低唱时的阿梅，歌声里、仪态中，有更打动人心的韵味。

2003年，翻唱过这首《似水流年》的张国荣，首唱了这首《似水流年》的梅艳芳，先后离世。张国荣辞世时，正逢香港非典肆虐，身为香港演艺人协会负责人的梅艳芳带领大批艺人张罗丧事。相关的电视报道中，那时的阿梅，已身患隐疾骨瘦如柴，但其举止言行，还是出道20多年未变的仗义豪爽、直来直去。在那个悲伤的春天，有多少人想到，在那年的岁末，她会追随好友张国荣离开这个世界？

《似水流年》的故事背景，并非香港，而是女主人公的家乡潮汕地区。但在主人公所来自的城市香港，即便在今天，能感受《似水流年》里南方乡村恬静安详与世无争氛围的地方，只要你有心，也一样能找到，比如我在那个周六去的梅窝渔村。

而事实上，香港能溜达到海边的地方实在太多，西贡、赤柱、屯门、南丫岛、愉景湾等，在这些地方，随便走两步就是海边。来港探亲多次，每次借用各种交通工具，地铁、巴士、轮渡等，一点点积累，这些散布于港岛、九龙、新界三地的偏远地方竟然都被我一一走到。这些地方的海滩虽不如梅窝的偏僻宁静，但如果你愿意暂时把俗务放下，猫在海滩发发呆，看眼前的海面，海面上的船只，看着看着，一样会在心中不由自主唱起这首《似水流年》。

“我怀念，怀念往年，外貌早改变，处境都变，情怀未变。”听《似水流年》30年，而香港乐坛的“百变天后”，依旧只有一个离开我们已逾10年的梅艳芳。此时此刻，在南海边，在梅艳芳这位“香港的女儿”生于斯长于斯的城市一角，重温她这首《似水流年》，对歌声中的那一份意境，过去30年你我各自经历过的人与事，会有新的顿悟。

（发表于2014年8月19日）

那年的《贝加尔湖畔》

因为一首新近才听说的歌，我整个人埋首于10年前七八篇旧文字的温习中。

歌的名字叫作《贝加尔湖畔》，一档火爆的音乐选秀节目中一夜走红的歌。节目里，两名草根出身的男选手李维、周深，凭借这首歌惊艳四座。

“在我的怀里，在你的眼里，那里春风沉醉，那里绿草如茵。月光把爱恋，洒满了湖面，两个人的篝火，照亮整个夜晚……”节目播出的当晚、翌日，在微信朋友圈，好多人拿这歌的音频链接、视频链接刷屏。随后几天，电视上多次重播那期节目，一到李维、周深这对选手上场，我必定把这首《贝加尔湖畔》静静地听到最后一个音符。

很少钟意近年的新歌，总觉得较之20世纪八九十年代的无数经典，近年的新歌词曲大都粗鄙嚼之无味。但这首《贝加尔湖畔》刷新了我对新歌的刻板印象。歌的名字与题材，倒是让我想起——原来，我是去过贝加尔湖的。

那是一次横穿亚欧大陆的车队旅行，在整整10年前的夏秋之交。一行人自北京出发，由满洲里出境，在地广人稀的西伯利亚大地上日夜兼程，奔赤塔、乌兰乌德、伊尔库茨克、图伦、克拉斯诺亚尔斯克、新西伯利亚、鄂木斯克、秋明、叶卡捷琳堡，过乌拉尔山，进入欧洲大地，停彼尔姆、喀山、莫斯科，横穿白俄罗斯、波兰、德国、比利时，终抵目的地法国。那是一次如急行军般的艰苦穿越，每天少则三四百公里，多则奔袭八九百公里。而中途难得的几次休整，包括了贝加尔湖的一天一夜。

10年后的今天，途中的一些画面还在我的脑海里。

当一路遭遇破败渡口、废旧船只、满目的草原白桦苜蓿花、不时冲上公路的牛群之后，白茫茫一眼望不到边的贝加尔湖进入眼帘，我们很多人久久说不出话，关于“浩渺”与“磅礴”，贝湖作出了最直白的注解。

黄昏时分的湖边，有人对着脚边一波高似一波的白浪发呆，有人看着远方橘红色的水天交际处傻笑，有人夹上普希金诗选，吟诵起《致大海》和《假如生活欺骗了你》。残根断树、嶙峋乱石，在夕阳下如梦似幻。天黑了，篝火点起，火苗在夜风中欢快跳舞。几辆切诺基的音响打开，把劲爆的舞曲放到最高音。那晚没有月光，在夜色掩护下，彼此还不太熟悉的男女，像一群快乐的小学生，手牵手放声高唱，从《灯光》《小路》《喀秋莎》《三套车》《山楂树》《红莓花儿开》唱到《莫斯科郊外的晚上》，从《敖包相会》《北京的金山上》《在那银色月光下》唱到《歌唱祖国》，直吼到喉咙嘶哑，眼噙热泪。

在个人博客上翻了大半天后，我将一篇《在贝加尔湖畔撒欢》的文字转贴在朋友圈，一下午收获众多点赞。

有同学留言说，10年过去了，贝湖的磅礴，湖畔的欢快，依然随文字扑面而来。这是他作为读者对我的鼓励。而我，在这些发黄的文字里，看到的是10年前的自己。一一翻开包括“贝湖”在内的7篇纪行文字，现在的我实在不敢相信，当年会有那么好的精力和体力——白天车队赶路，夜里写日记写稿，凌晨必须克服西伯利亚网络通信几为空白的各种困难，将报道传回北京，连滚带爬赶上车队……那一个月，是“铁姑娘”的一个月。

大学同学说，整理旧文字是重新发现自我的过程。确实如此。

“多想某一天，往日又重现，我们流连忘返，在贝加尔湖畔。”这样的梦想，在这趟亚欧行结束的几年内，我还曾有过。但慢慢地，生活以一种按部就班的面目向你狞笑走来，现实里种种琐碎，磨灭了种种念想。亚欧行之后不久，我的工作角色变更了，天涯海角四处行走的那种日子，于我渐行渐远。再回到从前？不可能了。那天，一位好友说，年龄越长，生活中放纵自我的符号也越来越少，不是刻意向世俗生活妥协，一切变化都在不经意间发生着，大家终究都成了没故事的人——大家终究都成了没故事的人，这话让我落泪。诚如李健在《贝加尔湖畔》里写的，“多少年以后，往事随云走”。这样也好。

“多少年以后，如云般游走。那变换的脚步，让我们难牵手。这一生一世，有多少你我，被吞没在月光如水的夜里……”歌里的贝加尔湖，深情款款，是一桩美丽爱情的忠实见证者。而我们那一年的贝加尔湖畔，有没有爱情故事呢？当年我的注意力都在赶路与赶稿上，还真没留意。不过，在那次长达一个月、单程1.5万公里的行走后，车队里是有一些人的婚姻作了“内部重组”。他们彼此间的情愫，是萌芽于那一晚的贝加尔湖畔狂欢吗？外人自然不得而知。但不管如何，爱情本身，应该难分孰对孰错，那就让我们祝福他们吧，希望他们也能听到这一首《贝加尔湖畔》。

（发表于2014年9月16日。本文与见报版本略有不同）

有人哭有人笑有人输有人老

一开始我是想写另外一首歌。可一想到要写它，心里就总是别别扭扭，有种时隐时现的胆怯。于是，我上网去翻找各种所谓的“热门歌榜”。一页接一页翻过，一个个歌名从眼皮底下无感地滑了过去，直到这一首，《朋友别哭》。

这是一首喜欢了至少10年的歌。有日子没听了。在电脑上一遍遍回放它，那种因为极度喜欢以至不知不觉深陷其中的感觉，又回来了。

一些歌，喜欢是真喜欢，可一旦强迫自己静下来，捕捉它的旋律，研读它的词，在自己支离破碎的记忆里努力翻找那些与它相关不相关的碎片，那个过程，又形同自虐。

和一些让我惊艳的歌曲一样，《朋友别哭》也是听音乐广播时的收获。那年，偶然在收音机里第一次听到它，那一刻，有如一见钟情。

“有没有一种爱，能让你不受伤，这些年堆积多少对你的知心话。什么酒醒不了，什么痛忘不掉，向前走，就不可能回头望。”向前走，就不可能回头望，这份洒脱、不纠缠、不磨叽，一向喜欢。

阐释友情的歌曲，从来不缺。但似乎没几首歌，能像《朋友别哭》这样，每句歌词都像在讲故事。而这个故事，貌似就曾发生在你和我的身上，你很容易在歌词里隐隐约约瞥见自己的一些过往，想起自己曾经拥有或已失去的一段友情，甚或是比友情更浓更烈的其他情谊。一首好歌，应该会讲故事，应该有画面感，《朋友别哭》就是这样。

2006年秋天，我开始玩博客，当时往博客音乐库里一口气放了几十首歌，其中就包括《朋友别哭》。总有认识不认识的博友跑来我的博客留言说，《朋友别哭》是他们特别喜欢的歌，每去KTV必点。这些博友，50后、60后、70后兼有，有趣的是男士居多。又过了几年，和一位外地朋友在MSN上聊流行歌曲，这位80后竟然也提及《朋友别哭》，“每次唱歌都点它”。原来，貌似不温不火的这首歌，对不同年龄的人，竟然有如此相似的分量。

那时候，时常跟同事或朋友去KTV唱歌。有别于我那些网友的是，我周围会唱爱唱《朋友别哭》的人，却不是特别多。偶尔有人唱起，即便唱得一般，我都有邂逅知己般的感动。

2013年，是我们大学毕业20周年。从年初开始，散落于天南海北的不同系别不同专业的同学通过微博、微信，逐一相识、相认。每月甚至每周，同学聚会频仍。很多次饭局后，热心的同学会拉住我：走，唱歌去！歌房里，一首首老歌轮番响起，让人惊喜的是，总缺不了这首《朋友别哭》。“朋友别哭，我依然是你心灵的归宿。朋友别哭，要相信自己的路。红尘中，有太多茫然痴心的追逐，你的苦，我也有感触。”只是，在那种20年后再相逢的欢乐时刻，兴奋热烈的气氛弥漫全场，有多少人能静心去认真体味歌词里那份惺惺相惜和深情告白？难说。

《朋友别哭》的魅力，在我看来，有一半得归功于歌者吕方的演绎。

对很多人而言，吕方这个名字可能不够如雷贯耳，但在我喜欢的香港歌手名单里，这个名字不可或缺。清亮通透又不失温润的高音，是他的标签。他与徐小凤的音色，一度被誉为“香港最美声音”。《听不到的说话》《你令我快乐过》《从未如此深爱过》《只因我太痴》《同是寂寞人》《每段路》《老情歌》《弯弯的月亮》等歌曲风靡一时。1995年，《朋友别哭》唱遍海峡两岸及香港，更多人认识了吕方这个“香港好声音”。

听《朋友别哭》有10年，其间，我会穿插着听那几首音色“最吕方”的《听不到的说话》《老情歌》《你令我快乐过》等。每当这个温润性感的高音萦绕耳际时，我时常禁不住想：换一个人，换另一个嗓音，这些歌曲，还会有如此精致的美感吗？我的答案是“不会”，它们只属于吕方。

确实，无须说太多，见证一切的，只是时间，歌如此，歌者如此，生活也如此。比如，人到中年，我们反而容易给自己开启一扇新的窗户，我们也已自自然然地看到了，这花花世界真的像梦一场，有人哭，有人笑，有人输，有人老。没有醒不了的酒，没有忘不掉的痛，故人往事，继续安静地待在心灵最深处好了。从今以后，如果还有那么一个人，还有那么几个人，还乐意守在你的不远处，在你需要的时候，像歌里唱的那样告诉你：“朋友别哭，我陪你就不孤独。你的苦，我也有感触。”那么，此生，你已无憾。

（发表于2014年10月28日）

《钟鼓楼》下要走多少路

秋天是北京最美的季节。刚过去的秋天，我经常美滋滋地跑进北京二环内的城区，来一趟“袖珍旅行”。“袖珍旅行”最常去的，是城区里那些硕果仅存的胡同。胡同深处，左边也许是大门紧闭的高墙大院，右边可能就是门脸儿破败的小饭馆；这边，午睡刚醒的老街坊正互相打着招呼，那边，三轮车悄无声息地从你身后蹭过吓你一跳。

走在这些胡同里，自然而然想起何勇的那首《钟鼓楼》。“我的家就在二环路的里边，这里的人们有着那么多的时间。他们正在说着谁家的三长两短，他们正在看着你掏出什么牌子的烟。小饭馆里面辛勤的是外地的老乡们，他们的脸色像我一样。”歌词简单、真实、透明，三言两语勾勒的，正是京城各处胡同里最常见的琐碎。

何勇成名于20世纪90年代，他与窦唯、张楚组成的“魔岩三杰”，和同期的一批人，曾创下内地摇滚乐史最辉煌的一章。那个年代的摇滚歌曲，无论重摇滚抑或轻摇滚，都有经典曲目流传至今。其中气质格外亲民的，在我看，是何勇作词作曲演唱的《钟鼓楼》。尤其喜欢它配器中的三弦，一种极为传统的民族弹拨乐器，与何勇一字一顿的说唱，是天衣无缝的绝配。浩瀚歌海，让我挑几首有老北京城精气神儿的歌，《钟鼓楼》恐是首选。

“单车踏着落叶看着夕阳不见，银锭桥再也望不清，望不清那西山。水中的荷花，它的叶子已残。倒影中的月亮在和路灯谈判，说着明儿早晨是谁生火做饭，说着明儿早晨是吃油条饼干……”听着这样的歌词，突然有些想念钟鼓楼与它周边的胡同、四合院了。

仔细一想，真有日子没去钟鼓楼旁的银锭桥了，“暮鼓晨钟”只存留在多年前的记忆里。巴掌大的后海地区，从早到晚，除了人就是人。站在银锭桥上，你确实望不清西山，能看到的，至多是后海水中几朵夏日里的残荷。附近的烟袋斜街、南锣鼓巷，更是人流如织，摩肩接踵。只有待华灯初上时，操着天南海北口音的人们渐渐散去，抬眼看看昏黄的路灯，望望四周的矮旧老房，才能喘口气，嗅出点滴老北京城的味道。

其实，在北京老城区里闲逛，是近年来我的一种休闲方式。只要人在北京，我会尽量挤出时间，跑到二环内乃至离我更远的南城，把车一放，迈开双脚，不设计目的地，胡乱地走，随便地看，顺便尝尝街头巷尾那些最市井最平民的小吃。

比如，中秋小长假，北京人纷纷出京，平日里车水马龙水泄不通的北京城，几乎每条马路都由得你尽情撒欢。于是，索性跑到离家二三十公里开外的南城，吃小门脸儿店家的锅贴酱肘花，茶足饭饱，沿着一溜陌生的街道拔腿开走，走哪儿算哪儿。

又或者，车停雍和宫附近，徒步逛完方家胡同里的艺术区，再奔创意小店扎堆儿的五道营胡同，从东头走到西口，发现竟身处北二环安定门桥环岛的一角！——这惊喜，任你开车坐车在附近转悠多少次，都不可能有。

再或者，在某条胡同里一座儿难求的“苍蝇馆子”先拿号排着队，随后就近先买几捆菜，在白天顾客排长队的小作坊买几个山东戗面大馒头，路过卖老北京糕点的小店铺，停下脚步“瞻仰”一下玻璃柜里的蝴蝶酥、花生酥、芝麻脆、绿豆糕……都是20多年前初来北京吃到的第一拨儿本地糕点，名字没变，样子没变，看上去是满心的亲切。

在这些老城区走多了，你会发现，那些毫不起眼的胡同窄巷里，藏着一个最家常最朴素的北京。这样一个北京，又被何勇惟妙惟肖写进了《钟鼓楼》。因此，走在各条并不一定位于钟鼓楼下的街巷里，《钟鼓楼》的旋律、歌词会条件反射般从脑海中跳将出来，歌里，有北京最家长里短的一面，有对安静老城的追忆，有对喧嚣现实的拷问，更有无奈的抗议。

几天前，开车路过地安门外大街北端的钟鼓楼一带，烟袋斜街依旧人流如织，鼓楼东大街越发店铺林立，行人在堵成长队的车流中来回穿梭，霓虹灯高低错落，叫卖的喇叭声此起彼伏。堵在车流中，《钟鼓楼》的旋律与歌词又在心里横冲直撞了，“钟鼓楼吸着那尘烟，任你们画着他的脸。你的声音我听不见，现在是太吵太乱。你已经看了这么长的时间，你怎么还不发言？是谁出的题这么的难，到处全都是正确答案……”

是啊，围着钟鼓楼，远离钟鼓楼，我在京城里众多老街老巷不停闲逛，在不同的时间，用不同的角度，看我热爱的这座城市。看的次数越多，就越发看不懂，这还是《钟鼓楼》里的北京城吗？这座城市的未来，越来越像一道扑朔迷离的题，摆在每一个爱它的人的面前。我们还得绕着钟鼓楼下再走多少路，才能找到这道题的正确答案？

（发表于 2014 年 12 月 2 日）

《黄昏》就是这么任性

这个隆冬到来之前，我时常去住所附近的公园快走锻炼。锻炼时段，每每是黄昏。随身带个小收音机和手机，“匣子”里的乐曲或歌曲，成了快走过程中的最好陪伴。有一天正走着呢，远远看着西边浅橘色的太阳一点一点在地平线消失，天色一点一点暗将下来。这时候，突然想起一首歌，《黄昏》。

找到《黄昏》这首歌，把它放在朋友圈和微信群里，有朋友回复说，这歌深情委婉，适合有故事的人听。

是这样的吗?

《黄昏》,台湾著名音乐制作人周传雄作曲并演唱。它像一颗子弹,一下子把我击中,那旋律,那歌词,嘿,总之,我听傻了。

“过完整个夏天,忧伤并没有好一些。开车行驶在公路,无际无边,有离开自己的感觉。唱不完一首歌,疲倦还剩下黑眼圈。感情的世界伤害在所难免,黄昏再美终要黑夜。依然记得从你口中说出再见坚决如铁,昏暗中有种烈日灼身的错觉,黄昏的地平线,划出一句离别,爱情进入永夜……”每一句歌词都是一幅画面,每一句歌词都像一行诗,这样的歌,在这个越发轻浮的年代,少见了。

听《黄昏》,总给我一种“人在旅途”的感觉。十几年前,经常天南海北四处出差。跑的次数最多的,是西北。那时候的西北,路上车流稀少。记忆中,每天忙着从一个地方接着去下一个地方,每天大部分时间就是坐着车子在公路上不停地跑。听歌、看车窗外飞速闪过的一切、发呆、睡觉,成了路上的“节目”。

很多时候，日落西山暮色苍茫时，我们还常常开车行驶在公路上，黄昏的地平线，就是路上见惯的风景之一。那时候，《黄昏》这首歌刚走红大陆，歌中那些如诗如画的词句，与那段公路时光是那般相称，遗憾的是，那时候我还不认识它。

几年后，一个偶然的机会我听到了《黄昏》。于是，闲下来时，我会着魔般让它在播放器里单曲循环着，听那如诗如画的歌词，我又回到了十几年前那些“公路时光”——黄昏时分还在向着远方飞奔，车窗外，近处有戈壁滩，不远处有光秃秃的山，更远处有模糊不清的地平线；车里，就放着歌，谁也不必说话，默默听歌，各自想心事就是了。

《黄昏》的旋律朗朗上口，容易学唱。几年前的一个冬天，跟朋友一起K歌，那天人少，于是有勇气尝试一些平时难得一唱的歌，我点了《黄昏》。旋律、歌词一出来，立即把在场的人给震住了，“好听！好听！”除了我，在场的都是第一次听《黄昏》的人，与我初遇《黄昏》时一样，那一刻为之惊艳。“歌词像诗！”有热爱诗歌的朋友一再感叹。《黄昏》成了那晚的“明星”，一整晚反复被点唱，我们那群人里，有人唱它唱到眼含热泪。

一转眼，又是好几年过去。频繁出差的日子离我越来越远，K 歌的爱好也丢了，人变得越来越宅，日子越来越平淡如水。那些 K 歌的夜晚，那些为一首歌而流泪的时光，偶尔在夜深人静时回想起来，真切依旧，一如昨日。有时候又感觉恍惚，那都是存在过的真实吗？

说起来，《黄昏》这首歌，对于它的主人也有着非同一般的意义。2004 年 7 月，周传雄以歌手身份在新加坡举办个人演唱会，舞台上他有这样一段告白：“嘿，你有没有过梦想？或是说失去过梦想？我有过，但也破灭过。直到有一天，在异乡的街头，我听到了一首自己的歌，这首歌在大街小巷不停地被播放着，因为这首歌，改变了我，因为这首歌，让我相信，只要坚持下去，哪怕在冰天雪地里也会开出美丽的花朵。”周传雄说的，正是《黄昏》。2000 年，由歌手身份转为幕后制作人的周传雄发行了一张创作专辑，其中收录了《黄昏》，上市后沉寂无声。两年后，周传雄在大陆发现，满大街都在放《黄昏》。他在各地遇到的不同的人，都跟他说："你的《黄昏》很红！"这个事业一度陷入低迷的台湾人发现，在异乡，因为一曲《黄昏》，他成了一位走红歌手。

《黄昏》，给那些爱音乐的人，不单带来了回忆，也带来了事业转机，好音乐的力量，是该这样的吧。

一眨眼工夫，不单"过完整个夏天"了，秋天也早已走远，现在已是暮冬时节。冬天的黄昏，寒气逼人天色昏沉，总给人一种凄凄惨惨戚戚的感觉，此时要是在路上，会巴望着早点赶到家，沏上一壶热茶，耳边再来点心仪的音乐，那就是寒冷中的幸福。这个时刻，听听这首《黄昏》，应该不至于影响愉悦的心境吧？可现实的你比设想的还是要脆弱得多，"依然记得从你眼中滑落的泪伤心欲绝，混乱中有种热泪烧伤的错觉。黄昏的地平线，割断幸福喜悦，相爱已经幻灭"，歌唱至此处，你的思绪已然凌乱了，你有流泪的冲动了，《黄昏》的词与曲，就是这样任性。

（发表于 2015 年 1 月 27 日）

《当你老了》唱给谁听

不久前有一首歌的音乐链接，在我所在的多个微信群里被频繁散播。

歌名是简简单单四个字，《当你老了》，歌词似曾相识，旋律不疾不徐。“当你老了，头发白了，睡意昏沉……”贴得到处都是的音乐链接，一下冒出好几个版本，从歌手莫文蔚、李健到歌的作曲者兼原唱者赵照。关于这首歌，热议李健版本、莫文蔚版本、赵照版本孰优孰劣的，激辩赵照究竟有无歌词署名权的，一时间好不热闹。

事实上，这首《当你老了》一夜蹿红，是在2014年某档选秀节目中。它博得评委一致青睐，被网友称为“2014年最走心歌曲”。但这并非《当你老了》的首次亮相，早在2012年8月，它的MV上线两周，点击率就有数十万人次。羊年央视春晚，歌手莫文蔚以它惊艳亮相；没过两天，一档音乐真人秀节目中，音乐人李健选唱了这首歌，得了那一期的冠军。

《当你老了》的歌词，让我觉着似曾相识，是因为，它改编自爱尔兰诗人叶芝那首脍炙人口的同名诗歌 *When you are old*。“多少人曾爱你青春欢畅的时辰，爱慕你的美丽，假意或真心。只有一个人还爱你虔诚的灵魂，爱你苍老的脸上的皱纹……”叶芝的那首诗，是写给他倾慕一生的女友，两个人一点一点老去，但诗人的爱情，一生未变。

大学里曾“同居”一栋楼长达数年的男女同学，时不常会在各个同学群里回忆起大学往事，东区食堂一块钱的肉饼热拼，教工食堂两毛钱一个的烤肉卷，实习餐厅“昂贵”的小炒，水房里的夜半歌声，几个班级同上大课的种种趣事……大伙儿打趣逗乐，纷纷相约，当我们老了，一起入住同学创办的养老院，重新做回“一栋楼里的室友楼友”。届时，谁与谁同寝室，谁与谁住隔壁，谁给谁打饭，谁帮谁搞卫生，在一片欢声笑语中貌似一一排定了。

于是，这首《当你老了》的链接，被一些同学频频贴进群中，成为怀旧话题中最“搭”气氛的点缀。“当你老了，走不动了，炉火旁打盹，回忆青春……”寥寥几句，之于这样一群有着四年共同记忆的人，足够走心。有如贴耳倾诉一般的吟唱，极具画面感的歌词，那些年一起经历的人与事，如同泛黄的老照片，在眼前浮现。

因为诗歌的先入为主，起初我以为，歌曲《当你老了》，是唱给爱人的小情歌。但几遍听下来，隐约感觉，把它理解成一首爱情歌曲，是不是狭隘了些？“当你老了，眼眉低垂，灯火昏黄不定。风吹过来，你的消息，这就是我心里的歌。”歌中的这个“你”，不仅仅可以是我们的爱人吧，也可以是我们的父亲，我们的母亲，我们喜欢的或者惦记着的任何一位长者。

就在最近，经过我们兄弟姐妹几家人艰苦卓绝地做工作，年过八旬的老爸和七十开外的老妈终于愿意适度放弃固执坚守的“空巢老人”起居模式。他们“视察”了姐姐帮找的敬老院，以“只是体验一下”的姿态试着住了进去。尽管隔三岔五就请假出来，这敬老院住得那真叫“三天打鱼两天晒网”，但之于他们长年不变的生活，这已是一次大变化了。有同龄人相伴，总好过他们坚持多年的自己居住，毕竟岁数在那儿摆着呢。老爸前几天甚至答应，会来跟我住上一段时间，听到这消息，我大大地松了一口气——他们这可是给了我足够大面子了。

“风吹过来，你的消息，这就是我心里的歌。”就是这样的吧——时常有父母的消息，某天，他们突然愿意与你沟通，甚至接受你的建议，之于做子女的我们，已是一种福气了。

偶然间看到《当你老了》作曲兼原唱者赵照的零星叙述，对他而言，《当你老了》就是写给自己母亲的歌。

父亲去世早，母亲独自将赵照抚养成人。十几年前，他离开母亲，为音乐理想行走四处。一个偶然的机会，赵照读到叶芝的诗，想起了母亲，于是有了这首“音乐版”的《当你老了》。“歌里唱的东西，是每一个人都需要的。”赵照这话，我有同感。

叶芝的那首诗，意境静谧内敛。诗的灵魂，还在这歌里。无论是将这首歌视为一首情歌，抑或理解为对长者的一番惦记，话题总是深刻而凝重的，不是爱情，就是亲情。让人备感舒服的是，舒缓的旋律，使得歌的气息释放得淡定从容，与弥漫于我们周遭的种种喧嚣，形成鲜明的对照。

“当我老了，我真希望，这首歌是唱给你的。”一起祈祷吧，当我们渐渐老去时，无论你的长辈，还是你的爱人，还能微笑地坐在你身旁，和你一起，静静聆听这首歌。

（发表于 2015 年 4 月 7 日）

带有《故乡》气息的一切呼啸而来

不久前，和七八十个大学同学匆匆走了一趟湖南。抵达湖南的当晚，同学们去K歌，有人唱起《故乡》，几句唱过，独唱变成大合唱。“天边夕阳再次映上我的脸庞，再次映着我那不安的心。这是什么地方依然是如此的荒凉，那无尽的旅程如此漫长……”总有那么一些歌，不管什么时候听，都能让你心绪难平，甚或轻易勾出你的眼泪。《故乡》就有这样的能量。

同年级湖南籍同学众多，在这次湖南聚会前，关于湖南的话题，在大学群里热火朝天讨论了个把月，湖南名人、湖南风景、湖南美食、湖南方言大PK……话题几乎天天推陈出新。

每个人都有故乡，这是《故乡》在哪里响起都会引发全场合唱的理由吧。就说那位半夜高唱《故乡》的男生，30年没回自己的出生地常德，再回来，身边是20多年前朝夕相处的同学，耳边是亲切却也陌生的乡音，身处所在，有久别的亲友，有昔日念小学的小伙伴——也许，还有一个当年被他揪过小辫子的"小芳"姑娘也未可知。没跟这同学细聊回老家的感受，但再回故土，有谁内心能静如湖水？一曲《故乡》唱完，这同学意犹未尽，拉着我们深更半夜去吃常德米粉——那也是他念念不忘的家乡美食。

"我是永远向着远方独行的浪子，你是茫茫人海之中我的女人。在异乡的路上每一个寒冷的夜晚，这思念它如刀让我伤痛。总是在梦里我看到你无助的双眼，我的心又一次被唤醒。我站在这里想起和你曾经离别情景，你站在人群中间那么孤单……”词曲作者许巍用灵动的文字，描摹了一个伫立茫茫人海中的“女人”。歌者的生命里，也许真的有过这样一个故乡的“小芳”？但也不妨这样理解，“你是茫茫人海之中我的女人”不过是个想象，这个“她”，其实是故乡。

这阵子，和老爸老妈朝夕相处，带有故乡气息的一切，呼啸而来。

带他们去吃潮州菜，他们会“挑剔”说，这个菜不够正宗，那道汤的味道不够醇厚……好吧，别看他们离开家乡已三十几年，但对生于斯长于斯的人而言，世间最好吃的，永远在故乡。

不独饮食恋旧，爸妈还习惯用他们的家乡话聊天。而我对潮州话的陌生感却是逐年加重，于是，两代人之间的沟通，每天靠普通话、广州话、潮州话三种语言轮番上阵。其间，在汕头的四姨给我来过一个长途电话，大概是话题太过密集，我的家乡话更加捉襟见肘纰漏百出，好多次，思路分明走到那儿，半天想不出家乡话要怎么表达。

突然间大密度高频率地听着说着久违的家乡话，“故乡”这个概念，“吧嗒”一下从很远很远的地方冒了出来。接四姨电话的那个晚上，突然想起潮州，那个三姨、四姨曾经居住了很多年的城市，那是妈妈的老家，想起幼时记忆里的潮州古城——密集的古巷，三姨家带天井的小院，天井里养有荷花金鱼的大水缸，从她家八仙桌上掉下来的那个婴儿就是我……这些记忆里的潮州，自然不是今日的潮州，但我记得的故乡的一部分，就是那样。

曾经下过很多次决心，要来一次故乡行，但一年又一年，一直没能践行。就在4月下旬，老爸还跟我再放豪言，要在这个秋天陪妈妈回趟老家。但随后爸爸就住进了医院，而妈妈的身体也出了新状况，连续几次检查，病情确诊，香港医生的结论是，尽快安排手术。秋天，他们能成行吗？我希望他们能。回故乡，于我，未来总还有各种可能，而于他们，这个机会越来越少了。

似乎扯远了。不过，这些发散且凌乱的思绪，真如同我每次听《故乡》的心境。“你在我的心里永远是故乡，你总为我独自守候沉默等待”，每个人都能从《故乡》里找到自己的印迹，歌里的那个“你”，可以不是许巍笔下“沉默等待”却也“容颜娇艳”的女子，而是我们曾经熟悉或者陌生的一切，故乡的口音，故乡的美食，故乡的亲友。

收录《故乡》的专辑《那一年》，2000年年底发行，作为许巍的第二张专辑，相较首张专辑《在别处》，《那一年》更显明朗阳光，但依旧展现了一个感性的许巍，孤寂与狂野、冷漠与热烈、逃避与寻找。是不是，也只有这样的矛盾与挣扎，歌者才得以写出那些卓尔不群的作品？

（发表于2015年5月26日）

越过《山丘》谁在等候

《踏歌行》栏目写至这一篇，篇数正好满“50”。栏目写了4年有余，尽管还有那么多深爱的歌曲来不及聊，但作为作者，还是希望写上一个休止符。好比一场足球赛，中场休息加伤情补时，总是必需。离场时刻，有多少放松释然，就有多少难舍难分。

而这最后一篇，写什么歌，几乎在两年前，已有答案。只是，近乡情更怯，时刻越临近，越真切感知到如山压力。

要聊的，正是一首有“山”字的歌。关于这首歌，第25届台湾金曲奖颁奖评审团的评语是“高度、厚度、影响力兼具的年度代表作品。写出每个人心里深藏甚至尚未发现的部分，一举击中人心”。“一举击中人心”，这六字实在是好。

2013年夏天，偶然听同学说，有一首歌火透了，名字叫《山丘》。上网一看，还真是，微博、微信朋友圈，有关《山丘》的话题多了去。一如李宗盛过往诸多作品，《山丘》词、曲、唱，依旧由他一手包办。让人感慨的是，《山丘》的旋律写于2003年，历经10年，终于成词。而长达6分45秒的旋律，多达542字的歌词，这样的华语歌曲，实属罕见。

那年的11月，李宗盛的“既然青春留不住”演唱会要在北京开唱。给我们推荐《山丘》的同学早早买好票，拉上小分队，晒老歌，忆往事，聊罗大佑，评李宗盛，憧憬着这场音乐盛宴，有传闻说李宗盛还将首度现场演唱《山丘》，这更成为“宗迷”们的共同期待。

北京演唱会结束的第二天，微博及微信朋友圈果然被“李宗盛”刷屏，都市类媒体的文娱头条，也是一水儿的“李宗盛”，少不了的话题，自然是《山丘》。

“我没有刻意隐藏，也无意让你感伤。多少次我们无醉不欢，咒骂人生太短，唏嘘相见恨晚。”当真是这样。年轻时候，不，用不着多年轻，就是现在往前倒推个一两年，我们和我们的“狐朋狗友”们，有过多少个无醉不欢的夜晚啊。那些无醉不欢的夜晚，都是欢笑泪珠飘洒的过程。很多人听《山丘》听到泪奔，歌如镜子，在镜子中，我们看到我们自己。

“也许我们从未成熟，还没能晓得，就快要老了，尽管心里活着的还是那个年轻人。”唉，也只有经历过中年的人，才写得出这样的词，因为他明白何谓中年。台上唱《山丘》的李宗盛，那年55岁，可还是那个跟你跟我嬉皮笑脸插科打诨的老顽童。而台下听歌的我们，又何尝服过老——35岁时觉得自己还够年轻，40岁以后又发现，年纪“奔五”的路上，风景刚刚好。“心里活着的那个年轻人”时时引领他们“因为不安而频频回首，无知地索求，羞耻于求救，不知疲倦地翻越每一个山丘”。

有人说，《山丘》写中年危机，有人说，《山丘》是历经成败后的遗憾无奈。他们的共同证据之一，是“越过山丘，虽然已白了头。喋喋不休，时不我予的哀愁”。是这样吗？在我听来，《山丘》里满满都是淡然与通透。

多少年轻时觉得无法迈过的坎儿，进入中年，回头再看，一笑而过。什么年龄就做什么事，进入中年，才懂得轻飘飘的这一句背后沉甸甸的重量。逆流而上固然彰显无畏，但有时，顺流而下更需勇气。过尽千帆，笑看风云，这是我听到的《山丘》。

李宗盛向来以人生体验入词，遣词造句不见华丽，一个情景、一种状态、一些心事，寥寥几字，鲜活灵动。《山丘》的词继续是句句戳心的李氏风格，“还未如愿见着不朽，就把自己先搞丢。越过山丘，才发现无人等候，喋喋不休，再也唤不回了温柔”。有人说，中年不是摇滚，持续的愤怒和亢奋不会快乐；中年不是民谣，清新到忘记年龄，单纯到忽略世事。如此说来，《山丘》的直白念唱，倒与中年状态相似？——不装，不作，不吝。但愿李宗盛继续这样刀刀见血地写下去，那会是歌迷的福分。

刚进大学那会儿，有学兄跟我聊起李宗盛，那时他的最爱，是《生命中的精灵》《凡人歌》《寂寞难耐》《没有人知道》等。那时我还停留在听姜育恒、童安格、齐秦、罗大佑的阶段，李宗盛那种念唱式玩法，我只觉得新奇。若干年后，突然就在某天，我听进去了李宗盛。当年学兄聊李宗盛的场景，恍如昨日，那年我18，学兄不过20，但关于李宗盛，我们的接受力竟有那么大差距。每想至此，我都要给这位学兄遥遥点赞，是他，让我第一次知晓"李宗盛"。

很庆幸在自己跌跌撞撞的一路上，始终有好音乐相伴。青春懵懂时，天然地喜欢罗大佑呐喊中的愤怒，迈入中年，更倾心于李宗盛念唱中的自嘲与明澈。这些成长故事，数年以前我曾写进一篇叫作《谁是谁生命中的精灵》的文字里。

无论过去有多少光环多少得意，无论当下是怎样琐碎何等平淡，无论是否记得上一次是谁给的拥抱又是在什么时候，把每个阶段都视为最好的时光，又有什么必要担心越过山丘无人等候？命运造化，听从就是。“然后我俩各自一端，望着大河弯弯，终于敢放胆，嬉皮笑脸，面对，人生的难。”这是《山丘》里的故事。总有一天，故事谁都能懂。懂与不懂，只隔着时间。

李宗盛在《山丘》里说，“想说却还没说的，还很多，攒着是因为想写成歌，让人轻轻地唱着，淡淡地记着，就算终于忘了，也值了”。对于一个曾经以码字为乐的人如我，又何尝不是这样——想说却还没说的，还很多，攒着是因为想写成字，让人静静地看着，淡淡地说着，就算终于忘了，也值了。

（发表于2015年9月8日）

身不动，心已远

挪威归来，有朋友笑问：闻名世界的挪威峡湾海岸线，想必走了？我的回答让众人“眼镜跌碎一地”——“哪也没去。在一个山区小镇待了8天”。

得承认，当乘坐的SAS航班落地奥斯陆，我才得知此行是在奥斯陆西北角300多公里的一个滑雪胜地待着，第一反应“相当的沮丧”。为了此行，我带了《房龙地理》等3本书以及厚达96页的挪威资料，设想着在这“万岛国”体验一次号称“世界最美丽的旅行”的峡湾游。我没作准备的，包括：适合滑雪的衣着设备，在山沟沟里待8天的心理预期。更要命是，在国内，我不喜欢雪是出名的，而抵达挪威当晚，我被提醒“除了雪你别无玩物”！怎么看，这都像足了一个国际玩笑。

但确实不是玩笑。在很多国人从未听闻的挪威小镇Beitostolen，我原地不动地待了一周。

没滑雪鞋，没关系，小镇本就是挪威的滑雪胜地，有专门的雪具租赁店，雪板要多长，雪杖要多高，雪鞋要多大，完全因人制宜。没带帽子、手套，没事，只有700人口的小镇啥都没有体育用品店却倒有两家，买就是了——虽然价格比起国内委实不菲。装备就绪，完全别于北京的新日子开始：

用过早餐，可以跟随大队人马即赴雪场，也可以消消停停随时乘部队小车前往，“专职司机”都是些20岁上下的军队小帅哥，身材高挑，面容清秀，养眼！到了雪场，5公里、10公里、20公里……总长300多公里的越野雪场，9条正规高山速降雪道，为国内雪场所望尘莫及。愿意钻研滑行要领也好，愿意时时透过长焦镜头远眺周边皑皑雪山也行，一切随我。生平第一次“穿林海，过雪原”，不断有肤色各异的滑雪高手停下跟我微笑Say Hello，逼我紧练口语，生人之间频频地互致微笑，成了雪世界的一道温暖风景。

夜幕降临，路灯亮起，低矮的小房子影影绰绰；昏暗灯光照射下，无声飘落的雪花，仿佛老天任性泼洒下的碎银，泛着奇妙的光。窗内，室友不远万里带来微型音响，忧郁的法语歌曲、明亮的意大利咏叹调、轻快的美国乡村民谣，夜夜萦绕耳际，捧一杯热茶，看窗外银装素裹的世界，恍然如梦。

描述这些，是想说，我遭遇了一次完全迥异于以往旅行的“旅游”。在一个人口稀少，只有冰雪，只有一家小超市、一家小银行、两三家PUB的异国小镇，一个简单得不能再简单的小地方，我过了简单得不能再简单的一周。

在国内，要早起赶路不迟到，我历来痛恨给本就杂乱拥堵的交通再添乱的一切天气，比如下雨，比如下雪。而在冰雪覆盖的Beitostolen，换上滑雪鞋，我像走正常路面般大步流星，信步在飞雪连天的小镇街头。最主要的是，我无须紧赶慢赶，无须非得去什么地方做什么事。在那里，我对周遭无边无际的冰与雪，有了亲切感，甚至依恋。

在国内，我常常入睡困难又频频早醒，虽然我拥有宽大的屋子舒适的床；而在Beitostolen，三人同室的环境，一张宽不过一米的弹簧软床，却让我夜夜顺利入梦。

在一个地方待上几天不挪窝的妙处，在此前的德国科隆，同样深有体会。科隆3日，白天，不停转悠于拜耳的各个花园式厂区，聆听这家著名跨国企业的成功之道，体会着德国人的认真与敬业；夜里，拜耳人匠心独具的安排——近眺科隆大教堂的欢迎晚宴、泡百年酒吧、听德语音乐剧，三个风格迥异的夜间节目，帮助我们这些东方来客“集束式”领略名城科隆的不同侧面。这一切，使得那趟差事，成了另类“深度旅游”。

科隆3日和挪威8日，迥异于我以往的任何旅行，快乐自然也是不同。前年，从北京开车到巴黎，1.4万公里的单程，车队用时仅25天，这还包括了在贝加尔湖、叶卡捷林堡、莫斯科等地用时七八天的休整。因此，那次旅行，用日行千里来形容还远不够，最极端的一天，车程900公里。那样的旅行，收获的快乐和精神沉淀，只在路上，在不断走动不断搬迁的过程中。

而过去的10多天，无论科隆，抑或挪威，我只需要学会“放下”，学会遗忘，让一切安静、随意、从容就好。这样的一种旅行，即便“身不动”，也可以做到“心已远”。

（发表于2006年4月14日《中国青年报·旅游周刊》之《世说新旅》栏目）

受暗示的行走

有朋友去体验刚开通的青藏铁路，临行前，朋友们纷纷出主意：带上红景天口服液，带上几味中药，带上几小瓶氧气，慢慢走路，路上少说话……热心人大多没去过青藏一带，但一听说西藏、青海，反应就如临大敌。轮到我，我说，顾虑别多了，其实这反应那反应，很多就是心理作用给闹的。

去过若干次高海拔藏区，西藏、长江源、川北、滇北。每次出发，热心的叮咛同样灌得满脑满耳都是。

但在随后的行走中，你会发现，在大多数人都要面对的高原反应问题上，不能说态度决定一切，但起码，态度很大程度上左右了这一生理反应——不是加强就是削弱。

1995年，第一次去西藏，那时候，去西藏的机会比现在少得多，西藏给人的印象遥若天边。有那么几个帅哥，从下飞机伊始，就一副天将降大任于斯人也的表现，神情严肃凝重，步履那是能放多慢就放多慢。几天下来，他们忧心依旧，寡语依旧，不是抱着氧气瓶，就是拼命往嘴里送药。可你细打听，他们也承认没感冒没发烧，就是内心害怕，害怕得饭吃不下觉不敢睡。任何好言开导都没用。当我和其他几个人正为寻得机会奔赴那曲、日喀则、山南而兴奋不已时，忧心忡忡的帅哥终于等来拉萨受难史结束，踏上回京飞机的那一刻，他们神采奕奕。

2002年，又一次去西藏，同行的还有一支组成结构复杂的大队伍。从进入机舱的那一刻始，但凡有人提高原反应的话头，必定就有无数脑袋凑上去，应对办法版本不一光怪陆离。抵达拉萨，很多人不敢洗脸不敢洗澡不敢碰凉水，说是怕冻着。第二天，全团40多人有30多人抱怨说整夜睡不着。接下来，有人天天跑医务室，各种药要个没完，袖珍氧气瓶时刻背着。听说还要去4500米的那曲、日喀则，几个20岁上下的小伙子头摇得跟拨浪鼓似的。剩下一半的人再次开拔上路，不断途经翻修路面，颠簸的车厢有如过山车，却是一路天高云淡，一路欢声笑语，眺望那曲沿途雪山的时候，走进日喀则宏伟的扎什伦布寺的时候，那些先前被动员半天才勉强前来的人们，尖叫得最为放肆。

心理暗示在一个行走群体中有惊人的“传染性”。2001年走长江源，队里不多的几个女人，年龄迥异，却一样的性格开朗好奇心重，提及高原反应的反应很相似——摆摆手甩一句“别想太多！”当大队人马闭目养神沉默不语地通过5100米的风火山口、4600米的五道梁时，这些女人却还大大咧咧地扒车窗上举着望远镜为远处的藏羚羊尖叫。夜宿沱沱河，爬个二层楼，甚至只是没放慢脚步，就有人气喘吁吁。室外天寒地冻，洗把热水脸得穿过半个兵站，上个厕所得穿过几幢房子找个角落旮旯彼此“轮岗”，一宿能被冻醒几次。可这几个女子的屋子里，照样笑声不断，天还没亮呢，她们已经集体开拔沱沱河畔看日出了。而另外几个屋子里的团友，一夜的东歪西倒，上吐下泻，貌似发烧。

我的朋友中有为数众多的藏区迷，有的进出藏区几十趟，要说他们从无半点不适反应那是假的，但却从来没听说他们为此大惊失色、半途而废，更挡不住他们下一次的出发，固然，迷恋风土人情是原因，追逐自由的脚步是原因，而懂得在每一段行走中，把心胸放开，随遇而安，学会随时迎接路上无数令你应接不暇的惊奇和感动，才是这些人总能豪情出发的至要理由——这，恐怕也是你我出行的另一种“必需装备”。

（发表于2006年6月30日《中国青年报·旅游周刊》之《世说新旅》栏目）

谁正走在大路上

一位朋友，在今年最炎热那几天的某个午后，又一次开始了“行走”——是那种与词语本义一致的“行走”——走路，走很远很远的路，用双脚。他的出发地，是北京的东三环，他的终点站，是北六环边的北京郊区昌平。出三环，过四环，沿着城铁线，斜斜地穿过北五环，一路向北、向北，这段路，约为25公里。6小时后，“孤身走我路”的他完成了这次行走。

这不是这位朋友的第一次“我的长征”。

20世纪的最后10多年，京城地理格局“摊大饼式”扩张，二环、三环、四环……环路一条条修了下来，朋友的“行走”也随之逐步深入。1995年，也是夏天，朋友每次走上两三个小时，断断续续搭进半月时间，走完了整圈三环路，约50公里。

朋友的每一段行走，目的地随意，但今次的终点站，一定就是下次的出发地。来和去，完全靠公交车。朋友说，只有摇晃在拥挤嘈杂的公交车里，即将开始的或者刚刚结束的那段路，才更像纯粹意义上的走路。

不要以为我的这位朋友是“体育迷”“暴走族”“自虐狂”什么的，跟这些一点都不沾边，他就是一普通不过的上班族。你也许会说，他这是搞“行为艺术”吧，但那是你的理解，却不是他的本意，他周边的大多数人，至今压根不知道他的这些“长征史”。

他走路，不仅仅因为他喜欢，还因为，他好奇。他的每一次走，从不事先做过多设想，就是随意地走，随意地看，随意地停。当然，大概正因为这份随意，那些陌生地，陌生环境，途中的意外和插曲，才让他领略到了新鲜。比如，京城东三环十里河旁当年的垃圾场，不实地走，就看不到。再比如，住在傻大傻大的北京城，久居京城北部的人如果说不知南城什么样这该是句大实话，朋友的系列“行走”开始前，很少往前门以南的方向去，走了也看了，他知道了，原来自己住了半辈子的这座城市，北边和南边真的大不同。再比如迷路，朋友到了南三环就转了向，没关系，那就胡走吧。他的很多次行走，在迷路中结束，又从迷路的地方开始。

在那些个烈日灼身的午后，在很多人躲在遮阳伞下喝着冰啤吞着冰淇淋还狂冒汗还嫌生活烦闷没劲的日子里，没有任何来自外界的压力，没想跟谁赌气较劲，仅仅就是因为自己想走了，然后就迈开腿，用双脚一步步丈量出一公里又一公里。这样的举止，体力之外，还需要勇气和毅力，但这就够了吗？好像不是。

好像还需要一份不同寻常的心思。你会说，这份心思，大概就是浪漫吧，要不，就属于“吃饱了撑着的”。你愿意这么想也行，我倒觉得不一定，它不一定就真够得上浪漫，它也许就是一种突发奇想。

很多时候，突发奇想，就是我们自己带自己玩，教自己玩。朋友的走路就是如此。走三环那年，有次他专门去乘坐了“特3”，一种当时新上路的双层巴士，他还特意跑到巴士的二层去坐了一会儿，多新鲜啊多好玩啊，他觉得。10多年后，50多岁的他说起这事，还开心得像孩子，至今他就坐了那么一次“带楼上”的双层巴士，为此，他庆幸他那次的突发奇想。

不过，“突发奇想”，更多时候属于那些爱用“第三只眼睛”去悄悄地看周遭的人。在这类人眼里，“孤单，是一个人的狂欢。狂欢，是一群人的孤单”。而他们更愿意“一个人吃饭，旅行，到处走走停停”。

朋友大概就是这类人。不过，在他的那些很低调很自我的走路过程里，我相信，他一定看到了很多人没看过甚至是这辈子都不再有机会看的风景。在我和朋友的词典里，风景不意味着就非得是美景，它是虚的也是实的：垃圾场，铁路桥，很冷清的路段，很崎岖的路面，很肮脏的路边，迷路，绕很多的弯路，饿，渴，乏，孤独，犹豫，胆怯，可以发散得无边无际的虚无缥缈的胡想遐想……这都是“风景”，我相信，这些风景一定都深藏在朋友的记忆里，成了他自己时不时端出来让自己慢慢咀嚼慢慢享受的精神美食。

（发表于2006年12月8日《中国青年报·旅游周刊》之《世说新旅》栏目）

女孩行走，女人回忆

近日到内蒙古乌海出差，在此常年缺雨之地，遭遇一场不小的雨。雨过处，多股褐红色的山洪，自视线所及尽为不毛之地的远方流淌而来，冲上凹凸不平的公路，形成多处积水，水深处达半米。

7年前，依旧是酷暑，在内蒙古阿拉善盟额济纳旗东西居延海一带熬过40多摄氏度高温的几个白天，在额济纳旗达来呼布镇度过室外七八级风室内断电停水的夜晚，阿盟的高温、无雨、大风将我们考验得一溜够了，行将离去前，经年干旱几无降水的当地，突然细雨纷飞。

每到干旱之地，就喜迎降水——这是我每去西北都会赶上的相似经历，无论新疆、内蒙古，抑或甘肃、宁夏、青海。可是，“星星还是那个星星，月亮还是那个月亮”，地方还是那些地方，经历还是那些经历，在不一样的年龄，却有不一样的心境。

还说大西北的下雨故事。在雨贵如油的额济纳，当习惯了晴空万里、烈日灼身、干裂土地、遍地胡杨的我们，突然瞥见空中的连绵雨丝，那一瞬的反应，是兴高采烈、忘情欢呼，彼此就差热烈拥抱了。那年，我离 30 岁，还有些年头。

而最近一次西北遭遇下雨，我的年纪眼见再晃些许年头就该“奔四”了。这一次，当地朋友依旧为难得一见的雨景叽叽喳喳兴奋难抑，而我，呆望公路上多处积水，眉头紧锁。西北一雨成秋，气温骤降，人冻得瑟瑟发抖，一心愁的是回京航班得延误到几时、要去加班的夜班还能否赶上，哪还顾得上为眼前难得的雨景心怀浪漫？！

西部曾经是这10多年里我出差重复率最高的目的地，一晃10年，从20岁出头，到“过三奔四”，西部在一个曾经很年轻而如今即将不再年轻的女子心里，也有了微妙的角色挪移。得承认，我对西部的适应度，正在无可遏制地降低。

还是7年前，另一次西部之行，苦夏6月，骑骆驼走巴丹吉林沙漠。在沙漠边缘的古日乃乡，当地朋友为我们宰羊敬酒壮行。“羊尾巴”是给最尊贵的客人的，可对异乡客来说，“羊尾巴”又确实油腻无比且膻味浓烈，非一般人所能承受。我双手捧过尊贵的“羊尾巴”，按照当地人的吃法，哧溜一声吞下，三大杯给尊贵客人的白酒，随之灌下。此番情景，至今还被当年同行的新疆男同事走哪说到哪：一个南方小女子，面不改色吃下“羊尾巴”，成！这人，靠谱！

而最近的这次西北行，面对较之当年蒙古包内的“羊尾巴”而言不知精致了多少倍的蒙古大餐，酥油茶、干羊肉、湿羊肉，对我却都不再是美味，我面露难色，食欲低下。

年轻时候，我习惯这样的生活：在各自长达月余的多段日子，每一天都重复着“深夜入睡清晨赶路”的日程，赶不完的路，看不完的资料，写不停的稿，可就是觉得日子特别的来劲，充实，无忧，每一天，不同地方的人、物、事，都能让自己感觉新鲜。

30岁以后，逐日远离了在路上的日子，更多时候，做回了一个每日奔波在机动车尾气里的北京人，走在灯红酒绿车水马龙的都市里，走在每天两点一线的生活轨道上。当年那些在路上的情景见闻，那些戈壁大漠深山老林里的快乐与劳累，已经龟缩于内心深处某个角落，它们偶尔溜出来透气，也不过就像我在大漠里随处可见的龙卷风——初次邂逅的惊喜一旦消退，很快就化为视野之外的一缕轻烟。

对别处风景，现如今这个即将踏入第三个本命年的女人，不再抱有年少时那般高涨的窥探激情；对日夜漂泊餐风宿露，也不能如从前那样“因为风景，所以忍受”。行万里路的万丈雄心，已然消失，时光渐去，不再执着。

这一切变化，与青春韶华的消逝速度，恰成正比。

喜欢四处走的人大概都会认同，在路上，很多时候，“看”，已经不是用“眼”，而是用“心”。因此，如果路上的风土人情在你眼里变味了，不要怪那些风土人情，要怪你自己，是你变而不是风景变，你变的也不单单是年龄，更是你的心。你的心，不再会行走了，而只剩下会回忆。行走着的是女孩，回忆着的是女人，所以，你不再年轻。

（发表于2007年9月2日《中国青年报·屋檐下》之《两性看板》栏目）

风流总被雨打风吹去

近日几条八卦，苏亚雷斯被重罚禁赛、著名编剧宁财神吸毒，在某个看球的夜晚“捆绑式”地惊呆了我。今早点开新闻，又有才子高晓松发表离婚声明“净身出户”。不是我不明白，这世界变化快。

几天没时间看世界杯赛，48 场小组赛赛事就以 136 个进球创下 1998 年世界杯扩军至 32 强后的新进球纪录。看着 16 强名单，我感觉各种不适应：欧洲四大豪门携手出局，东欧亚洲全军覆没，南美小国“打包”

崛起，“鱼腩”希腊队神话继续……有朋友说，这届世界杯是“欧洲豪门的世界悲”“美洲屌丝的世界碑”，确实。这太不是我想象中的世界杯16强了。

坦率说，开赛伊始，我对西班牙、葡萄牙、英格兰和意大利等队没感觉，谁胜谁负，爱谁谁。但随着比赛深入，看他们输得满地找牙，同情弱者的心理开始占上风了，越看越不忍，都是几代贵族承袭下来的，这脸面往哪儿搁啊！这股子同情加恨铁不成钢的情绪，在意大利队对乌拉圭队的小组赛最后一轮达到顶峰。苏亚雷斯惊世骇俗的一咬，惊呆了电视机前的我，怎么会有男人像街头泼妇般撒野寻衅？为何没被当场罚下？

赛后的追加处罚来了。这个处罚，惹怒了乌拉圭全国上下、球王马拉多纳，甚至基耶利尼——被苏神咬了一口的意大利球员也觉得“过了”，“得知关于苏亚雷斯的处罚决定，我的内心一点也没有喜悦感。处罚过度了。这样的禁令对于一名球员来说是不合适的”。然而，不管抗议声浪有多高，苏神彻底栽了，相信他这些天的心情，一定是迷茫不解与愤怒。

同样栽了大跟头的，是一大批欧洲豪门，当然，还有我钟爱的东欧劲旅。西班牙队、葡萄牙队、英格兰队、意大利队、波黑队和克罗地亚队的离场情景，实在不忍多看，平生最受不了的就是男人的眼泪。一个个无言的结局是怎么一步步走出来的？半夜大脑发木，球看得稀里糊涂，现在使劲回想也理不出明晰轨迹：具体都在哪些个时刻，命运之神狞笑着扼住了他们的喉咙？

忽然有个发现，那 4 支欧洲豪门在这个 6 月里各自不同的堕落轨迹，多像自甘堕落的宁财神、净身出户的高晓松，以及“冲动魔鬼”苏亚雷斯。

有网民调侃，特佩服每次离婚都净身出户的男人，屡战屡“净”，屡“净”屡战，人生如新，励志典范。把事情看淡了，真就是这样，强扭的瓜不甜，趁早放手，也是对对方的负责。

不妨以同样心态去看待豪门球队的“净身出户”。恃才傲物的英国绅士，故步自封的意大利人，不求上进的“二牙”，那个在绿茵场上飞旋的足球，它不能等待你们老迈的步履，放弃你们，是对你们自我放弃的惩戒。

借着小组赛结束，五花八门的排行榜争相出炉，网上处处充斥着“十大进球”“十大难忘时刻”“八大争议”……世界杯赛貌似进入高潮，我的观球印象反而走向了碎片化。才子出事，看客热闹；奇才被罚，举国悲伤；豪门出局，英雄末路，有人喜有人哭。风流总被雨打风吹去，然而，任何人的命运转折，不过是世间的尘埃一粒，地球继续转，红尘俗世的悲喜剧继续上演。足球世界里的豪门恩怨，英雄无语，也是如此。

从此以后，电视节目《非诚勿扰》再无才子宁财神睿智辛辣的“毒舌”了，但才子高晓松，相信还会于音乐、历史、军事等各式侃侃而谈中继续舌绽莲花。同样，我相信，4 年之后，那些家底丰厚的足球贵族，那些在战火后的废墟中重新站起来的东欧英雄，会卷土重来。

（发表于2014年6月29日《中国青年报（体育版）》之《谈玄说异》栏目）

告别时刻最美

有一头 20 世纪 80 年代德国门将舒马赫式“爆炸发型”的大卫·路易斯，哭得像个泪人：“我们想给全巴西人民带去欢乐，但我们让巴西人民失望了，对不起巴西人民。”

依旧是这场 1：7 的不可思议的比赛，依旧是北京时间的同一个血色清晨，巴西门将塞萨尔眼眶也是红的。这位几天前刚刚成功阻击智利队的功臣多次哽咽：“不知道怎么说……我们尽力了，德国队太强大了。”

大卫·路易斯的泪眼，塞萨尔的哽咽，看得我眼眶发热。电视直播间内，著名足球评论员张路说：“我一直觉得路易斯的技术有缺陷。但通过刚才的采访，我一下子喜欢上了他，他很真诚。”

是的，在每一场赛事的终结时刻，你总能看到一个个这样真诚的男人。

大多数看球的人，痴迷于比赛的战术布阵，90 分钟或 120 分钟里悬念丛生的攻防、盘带、射门、阻击，还有点球大战的一波三折。一旦终场哨声响起，他们会果断关掉电视，该干嘛干嘛去。

而我一向的看球习惯，就让我比较悲催了。即便再困再乏再为某方球队失落，我也一定会自觉自愿坚守到全部直播结束。哨声响起，胜方，场边的教练、领队、替补队员带着一脸狂喜癫狂地冲上绿茵坪，拥抱亲吻他们的功臣，集体脱衣，手舞足蹈，向观众致意；败方，场上队员或立或坐，双目无神，表情麻木，更为性情中人的，早已泪花纷飞。

看同一时空里，一边是巨大的欢乐，一边是巨大的悲伤，那真是一场赛事的最高潮。

一场赛事的告别时刻，球场上的男人，不只展露真诚，还有克制、友善与从容。

同样是那场“日耳曼战车”碾碎“桑巴舞”的比赛，胜方的克洛泽、托马斯·穆勒，屡次无视记者追问语句中“挑事儿”的暗示，回答几乎是一致的克制与谦逊：“嗯，其实，我们不愿意看到这样一支巴西队，这不是他们的水平。我们还得好好准备下一场比赛……”

被阿根廷门将扑出点球的荷兰队中场斯内德，在惨痛惜败的情形下，竟然还有难得的客观：“进入点球阶段，说明我们离决赛很近，但实际上也更远了。”

当阿根廷队员在场上蹦跶狂欢的时刻，与大力神杯再度仅差一步之遥的荷兰队员，沉默徘徊、怅然若失片刻后，他们中的大多数，罗本、斯内德和范佩西等人，高高举起双手，遥对看台，面向对手无言地鼓掌，从容施以敬意，他们的面色，悲伤中分明还有坚毅，而无妒意。看着这些被橙色衣衫映衬着的面孔，我的眼泪无声地掉下。我不是荷兰的忠粉，但这样的队员让我心生敬意。那一瞬，我深切感受到，告别的时刻最美。

一场足球比赛，你或者莫名地状态低迷，或者有猪一般的队友相随，或者碰上狼一般的对手，或者屡屡遭遇“黑哨”，没办法，再三努力，尝试争辩，一旦无效，你就认输了吧。尽快把你的悲伤收敛，把你的体力恢复，还有下一场比赛等着你。

人这一生，可分成很多个阶段，每一个阶段，仿佛也如同一场足球赛事，总有它的起终点，它的低谷与高潮，它独有的悲欢离合。这个阶段里走得不顺，一番挣扎后，你大可给自己主动吹响终场哨声，认栽了事。你很少赢过别人，但是这一次，你超越了自己。

这个时候，你可以选择下场，走进属于你自己的“更衣室”，自扇耳光也好，抱头痛哭也行，独自怅然也罢，这都是属于发生在你自己的“更衣室里的故事”，并不足以与外人道。一旦走出“你的更衣室”，那就是进入另一个生命阶段了，那就是生命里的另一场赛事。

而在每一次不同的“终场哨声”响起时，真诚、隐忍、克制、坦然和气度，才是真真切切的大美。

（发表于2014年7月11日《中国青年报（体育版）》之《谈玄说异》栏目）

后　记

跟洪琳、韩浩月约写本书序言的那天下午，被深重雾霾笼罩多日的北京，难得的阳光明媚碧空如洗。这两个男人应该互相不认识，各自的迅速回复却如出一辙：荣幸之至啊！……接到他俩答复的那一瞬，许多往事，噼里啪啦从记忆深处跳将出来，在西晒屋子里的阳光下，碎了一地。

《踏歌行》，如同此前我为《中国青年报》的几个副刊和周刊撰写的栏目如《女性立场》《两性看板》《世说新旅》《中青眼》《谈玄说异》等，其实全都是业余“玩票儿”，与我自己的分内工作没啥关系。

大概是2000年，我在中国青年报社新闻采访中心，跑口主要是科技、环保、教育，这是我进入中国青年报社后的第四个部门。这期间，《中国青年报》的《星期刊》副刊（那阵子刊名似为《娱乐通报》）和《在路上》副刊约我“跨界”写些文化新闻述评和旅行笔记。2002年年初，该报另一个名牌版面《屋檐下》副刊约我给该版的《女性立场》栏目写字，《女性立场》后更名《两性看板》，合作没停。2005年，我从新闻采访中心调到《文化周刊》（后与《阅读周刊》合并为《文化阅读周刊》）任主编，业余时间写上述副刊专栏的同时，也应《中国青年报·旅游周刊》之约，给他们的《世说新旅》等栏目写行走随笔。

2007年年初，副刊部几个编辑说，你那么爱玩，又喜欢在文章里写歌曲，干脆，开个个人专栏，就写“歌曲里的情感旅行”！好啊好啊，我随口答应了。但懒惰如我这一拖就是三年。2010年10月，宽容的编辑们不再纵容我的拖延症，新浪个人博客的一篇博文《在〈天鹅之旅〉里高挡位大油门》被我润色一番后，交给副刊部。出版面大样时，这个新栏目的名字还不见踪影。是副刊部主任、作家王永午老师拿着大样端详再三后一锤定音，于是，2010 年 10 月 19 日的《中国青年报》上有了《踏歌行》。

《踏歌行》的截稿日与拼版日是周日与周一，恰好与我当时主持的《文化阅读周刊》的截稿日与出报日在同一天。写作《踏歌行》这四年半，每个月总有一个双休日和一个星期一，我一边扮演“周扒皮”角色分秒必争急吼吼四处催稿聊稿编稿，履行分内工作之责，一边又因自选动作即新一期的《踏歌行》掏心掏肺备受折磨。

一个个人栏目一写就是四年半，至中后期，整个人被掏空的滋味，时常词穷的尴尬，码字的人们，你们懂的。这期间恰好经历两届世界杯，我应《中国青年报（体育版）》之约参与了这两届世界杯的随笔撰写，两次都客串得兴趣盎然，有一天，一向低调少言的副刊部主任王永午老师跑到我部门，笑呵呵地送了我一句话：

让你写世界杯也像写《踏歌行》一样写这么久，你一样会写吐的。永午老师从来都是这么善解人意，他这话，稀释了我在《踏歌行》栏目中后期的许多疲倦感与负疚感。

《踏歌行》目前已发表了50篇。但本书收录的，是其中的48篇和6篇来自《中国青年报》其他版面的专栏随笔。其他栏目的几万字，在书稿校样出来时，囿于篇幅容量所限，不得不拿下。

是《中国青年报》副刊部那几位非常尊重作者文字风格的编辑王永午、朱晓戎、郭韶明、方奕晗持续十余年每个月雷打不动的“催债”，和《中国青年报·旅游周刊》姜蕾、体育版曹竞等很多同事的信任，以及新浪微博上我认识的不认识的、总会给每一篇“踏歌行”文章跟帖讲述读后感的5万多“博友”，才有了今天这本书。谢谢你们！

陈娉舒匆匆于2016年初秋北京

已出版图书目录

一、精品栏目荟萃

《副刊面面观》

《心香一瓣》

《纽约客闲话精选集　一》

《多味斋》

《文艺地图之一城风月向来人》

二、个人作品精选

《踏歌行》

《家园与乡愁》

《我画文人肖像》

《茶事一年间》

《好在共一城风雨》

《从第一槌开始》

《碰上的缘分》

《抓在手里的阳光》